Œuvre poétique

Raymond Radiguet

ŒUVRE POÉTIQUE

Édition établie par
Chloé Radiguet et Julien Cendres

Préface de
Georges-Emmanuel Clancier

La Table Ronde
7, rue Corneille, Paris 6ᵉ

Bref passage d'un poète

– Raymond Radiguet... – Ah oui! Le Diable au corps!

C'est ainsi : au nom de Radiguet, neuf fois sur dix – pour ne pas dire toujours –, on associera le titre de son premier roman ou même du film qui en fut tiré et qui laisse apparaître en tant de mémoires cinéphiles les visages de Gérard Philipe et de Micheline Presle.

Et certes le troublant roman de l'amour né pendant la Grande Guerre – celle de 1914-1918 – entre un écolier de quinze ans et une jeune femme dont le mari combat sur le front, ce roman qui scandalisa la France bien-pensante (au nom de l'honneur des anciens combattants bafoué par un écrivain de moins de vingt ans) mérite parfaitement sa célébrité. Il n'en est pas moins dommage que cette gloire fasse souvent oublier que le romancier prodige fut, en quelque sorte, la métamorphose d'un poète ayant écrit la totalité de ses poèmes à l'âge des devoirs de vacances ou des écoles buissonnières – autrement dit, selon ses propres remarques, entre seize et dix-huit ans.

Il faut donc se réjouir de voir réuni et publié aujourd'hui l'ensemble de ces poèmes. Outre leur charme oscillant entre une ingénuité proche encore des gaucheries de l'enfance, l'indisieuse rouerie des jeux dits innocents et la maîtrise d'un nouveau classicisme, ils ont le mérite de dévoiler, à l'état naissant, le surgissement et l'évolution rapide d'un talent étonnamment précoce, épris d'audace, de liberté,

*alors que le monde alentour sort à peine d'une inhumaine et
monstrueuse catastrophe.*

*Dans un avant-propos destiné à la publication de
son recueil* Les Joues en feu, *Raymond Radiguet remar-
quait ceci : « En relisant ces poèmes, détachés de moi, il
me semble qu'ils peuvent apporter quelques lueurs sur un
âge assez obscur – le véritable âge ingrat, seize, dix-sept
ans, dix-huit ans. À ce moment de la vie, les mois ont
la valeur d'années [...]. Le premier de mes poèmes,* Langage des fleurs et des étoiles, *est daté de mars 1919,
le dernier d'août 1921. C'est à ce moment que je commençai* Le Diable au corps. *Depuis, je n'ai pas écrit de
poèmes. »*

*Ainsi l'auteur nous assure-t-il lui-même du chemin qui
le mène de la saison et de l'écriture des poèmes à l'âge et à
l'écriture du roman – chemin à mon sens non seulement de
la chronologie apparente, mais d'une traversée avançant
dans* l'obscur *de la psyché, au cœur même de ce « véritable
âge ingrat », alors qu'en deçà de l'écriture l'adolescent et
son amante vivent secrètement les saisons puis le souvenir
de leur amour condamné, de ce très vif et très fragile défi
qu'ils lançaient à la société des adultes enfoncés dans la
boue et le sang de la guerre.*

*On a pu parfois avoir tendance à lire la poésie de
Radiguet comme si elle s'était écrite en marge – sinon
dans les marges – de son premier roman. La présente édition nous permet au contraire de la découvrir – ou de la re-
découvrir – telle qu'elle apparut d'abord dans les jeunes
revues d'avant-garde à la fin et au lendemain de la*

Grande Guerre puis dans des recueils, les uns publiés du vivant de l'auteur, les autres posthumes.

Il faut garder présent à l'esprit que l'enfant-poète, avant que sa voie et sa voix de romancier ne le fassent entrer dans l'immortalité littéraire dès les années 20 du siècle dernier, se faisait connaître par ses vers en même temps que Tzara, Breton, Aragon, Soupault ou Cocteau débutaient peu ou prou dans le sillage d'un Reverdy, d'un Max Jacob et surtout d'un Apollinaire qui, lui, allait s'éteindre l'avant-veille de l'armistice.

Il faut aussi se rendre compte que Radiguet, loin d'appartenir à la génération avec laquelle il entre en scène, est en fait l'exact contemporain d'un Queneau, d'un Tardieu et, à deux ans près, d'un Leiris ou d'un Malraux.

Je rappelle cela pour souligner la perspective particulière dans laquelle on se doit de situer l'écriture et l'existence du très jeune poète si l'on veut mieux entendre – je veux dire : avec plus de justesse et de justice – l'ensemble de ses poèmes.

Après avoir joué dans la cour des grands (de la modernité), au plus près des influences du cubisme, de Dada et du pré-surréalisme, le poète d'à peine dix-huit ans d'âge se tournera vers d'autres grands, ceux d'un passé lointain, de Ronsard ou de Tristan L'Hermite à André Chénier.

Radiguet aura parcouru et bouclé très vite cet itinéraire. Il le commence alors qu'il est encore un petit banlieusard exclu du lycée Charlemagne. Apportant aux journaux parisiens les dessins satiriques que fait son père pour gagner (mal) la vie d'une nombreuse famille, il montre un jour à André Salmon, rencontré à L'Intransigeant,

les poésies que déjà il griffonne sur des bouts de papier
enfouis ensuite au fond de ses poches. Bientôt, d'André
Salmon à Max Jacob, le cercle des poètes de la modernité,
de Montmartre à Montparnasse, est séduit par l'enfant
talentueux de Saint-Maur-des-Fossés. Cocteau ne tardera
guère à s'éprendre de celui qu'il voit – et écoute – comme
l'ange même de l'adolescence. Seul Guillaume Apollinaire
– mais depuis sa blessure et sa trépanation le poète d'Al-
cools est devenu tellement irritable –, seul donc Apollinaire
se montrera réfractaire, voire hostile, à la personne et aux
écrits du jeune garçon qui, pourtant, lui rendent hommage.
Tous les novateurs en train de chercher, de susciter, de
créer, dans un foisonnement incomparable, la poésie, la
peinture, la musique de demain, s'intéressent au poète qui
les charme et les étonne.

Des charmes et des trouvailles, on peut, me semble-t-il,
en glaner encore de nos jours dans cette œuvre brève et à
deux versants que nous a laissée Radiguet après être passé
au domaine du roman. Ce que, personnellement, je préfère
dans sa poésie, c'est la persistance, aussi bien sous l'allure et
l'élan proches des avant-gardes d'alors que sous la rigueur
d'un néo-classicisme, des accents ingénus ou provocants,
purs ou gracieusement grivois, touchants, légers ou narquois
qui, tous, gardent et exhument pour nous le parfum, la
lumière, l'écho de l'enfance et de ses jeux depuis si peu de
temps quittés.

Dans l'écrivain-prodige qui tourne la tête au Tout-
Paris des arts et des lettres (et auquel ce Tout-Paris à son
tour fait tourner le cœur et la si jeune tête), c'est l'écolier

venu de sa banlieue des bords de Marne qui demeure poète.
Titres, thèmes, images et mots clés retrouvent le temps si
proche encore des écoles, fussent-elles studieuses ou buisson-
nières.

Veut-on quelques titres ou quelques thèmes? Ils abon-
dent : Le Bonnet d'âne, Emploi du temps, Couleurs
sans danger, Zéro de conduite, Joueuses de volant,
Les Joues en feu, Déjeuner de soleil, Colin-Maillard,
Alphabet, Pigeon vole, Jeux innocents, *etc.*

Insolence, légèreté, espièglerie et pudeur rejettent toute
sensiblerie et cueillent avec bonheur une poésie joueuse :

> *«À mon âge, les pleurs manquent de charme,*
> *J'irai près du soleil, dans le grenier*
> *Afin que sèchent plus vite mes larmes. »*

Ou bien :

> *« Souriez un peu, aurore, à mon gré volage !*
> *Le bonnet d'âne sied à ravir à votre âge.*
> *On a le temps de rougir durant les vacances.*
> *Puis après avoir lu tous les livres de prix,*
> *Bouche en cœur, apprends à chanter faux des*
> *romances... »*

Il faudrait citer bien d'autres passages, tant le poète sait
tirer parti et saveur des fruits verts d'un âge faussement
innocent, lui qui nous avertit pourtant du piège que lui
tendent les adultes enclins à le maintenir dans son rôle

*– plaisant à leurs yeux et, peut-être aussi, à leurs jeux –
d'enfant prodige :*

> *« On nous apprend à rester jeunes
> À nous qui voudrions vieillir. »*

*La mort n'entrera-t-elle pas dans le jeu inconscient des
adultes ? Emportant Raymond Radiguet (le 12 décembre
1923), elle le maintiendra définitivement en sa vingtième
année, lui qui avait écrit :*

> *« À ce jeu mourir jeune est un grand avantage
> Car on ne quitte plus son âge »...*

GEORGES-EMMANUEL CLANCIER.

La présente édition est dédiée à Marcel Radiguet.

Avant-propos

À l'opposé de ce qu'il était jusqu'alors légitime de croire, Raymond Radiguet (1903-1923) n'est pas seulement l'auteur – il s'en faut de beaucoup – de l'un des plus célèbres romans du vingtième siècle, Le Diable au corps, *d'un second roman de moins sulfureuse réputation,* Le Bal du comte d'Orgel, *et d'un recueil de poésies resté quelque peu confidentiel,* Les Joues en feu.

Étonnamment prolixe, cet écrivain – mort à l'âge de vingt ans – sut aborder tous les genres littéraires avec la même insolence et le même talent...

Les premiers poèmes, écrits au cours de l'adolescence, sont publiés dès juin 1918. Écrite la même année, la première saynète est aussitôt publiée. Les premiers articles paraissent au mois d'août, et le premier conte au mois de décembre. Il entreprend d'écrire son premier roman en 1919, à seize ans.

Après avoir quelque peu délaissé, en 1920, le théâtre puis, en 1921, la poésie, il se consacre à l'écriture de contes, de romans, d'articles et d'essais.

Afin de restituer au mieux la progression de l'œuvre poétique, nous avons pris le parti d'une présentation chronologique des recueils, la date d'écriture l'emportant toujours sur la date de publication éventuelle, à l'exception des poèmes isolés ou inachevés présentés en fin de volume.

Parfois confrontés à deux, voire à plusieurs variantes

d'un même poème, il nous a paru pertinent de ne retenir que la version choisie par l'auteur pour sa publication.

Avant tout désireux de donner à lire Raymond Radiguet sans jamais interférer entre son œuvre et le lecteur, nous avons délibérément réduit l'appareil critique à des notes informatives dépourvues de tout commentaire – placées soit en fin de recueil, soit en fin de texte isolé.

Outre l'éclectisme manifeste à la lecture de ses Œuvres complètes[1]*, Raymond Radiguet a fait montre d'intérêt pour d'autres disciplines artistiques. Élève des cours de dessin de la Grande Chaumière et de l'Académie Colarossi, il a illustré d'aquarelles ses premiers recueils de poèmes, et certains de ses dessins paraissent dans la presse en 1917 et 1918. Il a collaboré à l'argument d'une pantomime jouée à la Comédie des Champs-Élysées en 1920, et à l'écriture d'une tragi-comédie musicale.*

L'œuvre de Raymond Radiguet est à l'image de sa vie, diverse, brillante, et pour l'essentiel choisie.

Introduit en 1917 dans le milieu de la presse par son père, le caricaturiste Maurice Radiguet, il devient secrétaire de rédaction de deux hebdomadaires satiriques.

Après avoir lu ses premiers poèmes, André Salmon le recommande à Max Jacob dès janvier 1918. Son talent et sa personnalité lui valent bientôt la considération et l'amitié du poète, en compagnie duquel il fréquente notamment, à

---

1. Raymond Radiguet, *Œuvres complètes*, édition établie par Chloé Radiguet et Julien Cendres, Stock, 1993.

Montmartre, Pierre Reverdy, Juan Gris et les autres rési-
dents du Bateau-Lavoir.

Au début de l'année 1919, durant laquelle il écrit des
articles, des poèmes, un conte, une pièce de théâtre et le
début de son premier roman, il fait la connaissance de
Tristan Tzara, Louis Aragon, Jacques Doucet et Wassili
Kandinsky. Présenté à Jean Cocteau au mois de juin, il se
lie avec nombre de figures du monde littéraire et artistique
dont André Breton, Pablo Picasso, Erik Satie, Amedeo
Modigliani, Paul Morand, Igor Stravinsky, le Groupe
des Six et ses interprètes.

L'année 1920 est fertile en créations comme en publi-
cations, de poèmes isolés ou en recueils – qui retiennent
l'attention d'André Malraux –, de saynètes, d'un livret
d'opéra, de contes, d'articles et d'un essai. Raymond Radiguet assiste, avec ses amis, à de nombreux concerts, spectacles d'opéra, de théâtre et de cirque, se rend souvent au
cinéma ou se divertit dans des fêtes foraines.

En 1921, il se consacre à l'écriture, de son premier
roman d'abord mais aussi de poèmes et d'articles, publiés
pour la plupart. Deux pièces de théâtre, représentées au
Théâtre Michel, et un recueil de poèmes sont édités.

Il écrit son second roman au cours de l'année 1922,
entreprend l'écriture d'un conte, et d'un essai publié au
mois d'octobre. Plusieurs poèmes et articles paraissent
dans des revues, et il signe un contrat d'édition avec
Bernard Grasset qui lui alloue un revenu mensuel.

La parution du Diable au corps au mois de mars
1923, qui lui vaut une notoriété immédiate, ne modifie en

rien ses habitudes de travail ; il termine son second roman,
compose un recueil de poèmes et en rédige la préface, écrit
un récit, ébauche des nouvelles, établit des fiches de documentation pour une biographie romancée, et enfin met en
ordre l'ensemble de ses manuscrits.

Doué pour l'exercice de la légèreté comme pour celui de
la profondeur, Raymond Radiguet a toujours su concilier,
dans le divertissement et dans le travail, ces deux pôles
apparemment contradictoires de sa personnalité.

Aussi inconstante soit sa vie amoureuse, il n'en est pas
moins d'une remarquable constance dans son attachement
à sa famille et à ses amis, à ses « bords de Marne »…

Aimant à fréquenter les salons littéraires ou mondains et
les soirées organisées dans les hôtels particuliers de l'aristo-
cratie parisienne autant que les ateliers d'artistes, les cafés et
les bars de nuit, il mène au cours de ses longs et nombreux
séjours en province une vie calme et réglée, strictement
organisée autour de l'écriture.

L'expression, sous l'apparence du désordre, d'un ordre
intérieur impérieux, l'alliance jamais rompue de la jeunesse
et de la maturité ne sont-elles pas à l'origine de cette sorte
de fascination qu'exerce aujourd'hui encore l'œuvre de
Raymond Radiguet ?

                                              C.R. – J.C.

LE BONNET D'ÂNE

COULEURS SANS DANGER

Amours (au pluriel; et puis
Non, l'an se fait trop vieux)
      UNE FORÊT
Est-il plus agréable cachette?
Le moindre de nos soucis
      Le vent
Ou bien un voleur de grands chemins
S'empare de votre chapeau neuf
      PARADIS DES

      DEMOISELLES
        Au trot
                Cinq minutes plus tôt
Tout se passait au bord de l'eau

PASSEUR
                          aussi
(Quand on m'appelle)
                    Elles
Deux ou trois oiselles de paradis
      Aux demoiselles je fais crédit

EMPLOI DU TEMPS

Train de plaisir
Aurore à mon gré frivole
Nous avions le même âge
Le bonnet d'âne
C'EST LA VIE
Quand on a de grandes oreilles
On entend mieux
La brise succombe
Soulevons pour elle
Les collines paresseuses
Je vous l'avais bien dit
Elle déteint la robe d'Été
CONCLUSION
Las de ce manège
Je suis désormais assez brave
Pour regagner les villes

HYMEN

Un mariage d'amour, paraît-il
L'horizon se rouille
Sur le fil de fer une femme se promène
Elle n'a jamais vu le ciel
Son parapluie est noir

Tarif de nuit
Qui sait?
Fouette la nuit qui se sauve sans rien dire
Un cheval lui donne des coups de pied

À demain

IL S'AGIT DE MOI

Cette rivière aura-t-elle la force d'aller plus loin ?
      « LE JOUET DU VENT »
      non pas que j'encourage les camelots.
Les lettres de mon prénom habituel s'envolent
Celui qui reste ne plaît à personne
À VENDRE joli domaine
      arbres importés des quatre coins du monde

      J'ai mis le vent en déroute
      Souriez un peu

INCOGNITO

Soi-disant diseuse de bonne aventure
                On est presque nu
Des portraits de famille
Il y en a qui seraient honteux
                        Une rue déserte
Plus tard elle portera votre nom
Les nuages descendent à terre
Ils gênent nos pas
                Les hommes qu'on a mis en prison
                ne se doutent de rien
Des bêtes féroces gardent la capitale
Pourtant nous ne sommes pas bien méchants
                        La clef des champs
                        Je vous en prie

PLAN

Combien êtes-vous?
Je ne sais compter que jusqu'à onze
parlez plus fort je ne vous entends plus
je ne vois que quelques chaises
        et la lampe
          LA VILLE
Un seul fleuve
le trait bleu indique le fleuve
Ne t'en va pas déjà
Les rues se cherchent
        se rencontrent
À la ligne.

Lignes fuyantes
                  Ils s'en vont
Tous dans une direction différente.
                   LE PASSÉ
         ce qui s'est passé il y a
                  mille ans
        non
        il y a trois minutes

AU PETIT BONHEUR

Au-dessous de zéro
                    Les visages sont muets
Tant mieux tu ne saurais plus dire   Au revoir
    La Belle saison est ailleurs   On s'y fait
        Et depuis que nous avons les jeux de hasard
        Il a fallu mettre une rallonge à la table
            En dépit du bon sens,
    ce jour fut le plus court de l'année
            Divers prénoms
            Un autre bien plus joli
    En vain j'effeuille l'éphéméride
        Encore une année trop courte
        Pour toutes les fêtes à souhaiter

FAC-SIMILÉ

Avril sut-il jamais fleurir
nos porcelaines ?
Un oiseau sans domicile
s'installe dans la guitare.
Il remplace le réveille-matin
que nous céderons à bas prix.
        Ne cherchez pas
Colombine, elle est au marché.

TOUS DROITS COMPRIS

                              Écran
Pour qu'on ne le remarque pas
Le détective fait semblant de sourire
                                        Marque Azur

Où sont-ils ?
Juin   Mai   Mes roses véritables
                                              Au voleur
            Garnitures pour chapeaux
Les fleurs que voici
L'écran est blanc mais l'œil se souvient
            Les étoiles de tous les soirs

VUE SUR LA MER

Le soleil sommeille
au fond du chapeau de paille
Mêmes initiales

Je n'ai pas le temps
d'attendre la lumière
qui vient au-devant de moi

Adresse inconnue

La vie au grand air

J'entends une autre mer
au fond du coquillage

Tu jouais au ballon sans même te douter

Parfois
le soleil descend non loin
de la plage

Notes

Recueil manuscrit, illustré à l'aquarelle par l'auteur. Composé à partir de septembre 1919, et adressé à Jacques Doucet.

Couleurs sans danger
> Une variante de ce poème sera publiée sous le titre *Au paradis des demoiselles* dans le recueil *Les Joues en feu* (François Bernouard, 1920). Un poème différent portant le même titre – écrit en décembre 1919 – figure dans le recueil manuscrit *Couleurs sans danger*.

Emploi du temps
> Un poème différent portant le même titre – écrit en septembre 1919 – sera publié dans la revue *Littérature* nº 11 en janvier 1920 puis dans les recueils *Les Joues en feu* (François Bernouard, 1920, et Bernard Grasset, 1925).

Hymen
> Une variante de ce poème a été adressée à Tristan Tzara entre janvier et mai 1919.
> Un poème différent portant le même titre sera publié dam le recueil *Devoirs de vacances* (La Sirène, 1921).

Il s'agit de moi

Incognito

Ce poème, écrit en avril 1919, a été publié dans la revue *Littérature* n° 4 en juin 1919; il sera publié dans les recueils *Les Joues en feu* (François Bernouard, 1920, et Bernard Grasset, 1925).

Plan

Ce poème a été publié dans la revue *Sic* n°ˢ 40 et 41, datée 28 février et 15 mars 1919.

Au petit bonheur

Ce poème a été publié sous le titre *Appartement à louer* dans la revue *Aujourd'hui* le 2 juin 1919.

Fac-Similé

Ce poème sera publié dans le recueil *Les Joues en feu* (François Bernouard, 1920).

Tous droits compris

Vue sur la mer

COULEURS SANS DANGER

PRISE D'ARMES

À l'occasion du 14 juillet, le douanier Rousseau, revenu du paradis, a fait distribuer aux soldats des Bons pour un portrait.

(Les journaux.)

Bien en ordre, les soldats attendent le général qui doit distribuer des décorations.
Le général, c'est un peintre.
Henri Rousseau, du bout de son pinceau, pose une étoile sur chaque poitrine

CÔTE D'AZUR

Ailleurs que dans les opéras les arbres sont verts

> L'avenir
> Ici
> La dame le prévoit
> Exception faite
> Des jours de fête
> Quand on traverse le viaduc

> Les demoiselles d'honneur
> Cela va sans dire
> Se laissent conduire

De quoi vous plaignez-vous
Est-ce ma faute
Si ces rameurs
N'y vont pas de main morte

Dans les verres
Tiédit l'orangeade

> > Un soir d'août
> > N'importe lequel

JOUEUSES DE VOLANT

Moi qui croyais à la douceur
            De mes sœurs

Mourez par excès de zèle
                        Timides oiselles
Dont le plumage meurtri
        Se rappelle les taquineries
        De ces demoiselles

LES PETITS RUISSEAUX
FONT LES GRANDES RIVIÈRES

Sous la baguette
                                    du chef d'orchestre
Les sources cachées dans les parages
Jaillissent en notes de musique

            Sur vos corps Les robes
                        Sources limpides

Taffetas changeant
                        Méfiez-vous
            L'onde est perfide
            Quand elle est froissée
Il faut savoir nager il faut savoir danser
Sinon prenez une BAIGNOIRE

NUES

Au regard frivoles les nues
Se refusent selon la nuit
Vers l'aurore sans plus de bruit
Dormez chère étoile ingénue

Sous les arbres de l'avenue
Les amours ne sont plus gratuits
Au regard frivoles les nues
Se refusent selon la nuit

Deux étoiles à demi nues
Semblables sœurs nées à minuit
Chacune son tour nous conduit
À des adresses inconnues
De vos regards frivoles nues

PAUL ET VIRGINIE

Ciel ! les colonies.

Dénicheur de nids,
Un oiseau sans ailes.
Que fait Paul sans elle ?
Où est Virginie ?

Elle rajeunit.

Ciel des colonies,
Paul et Virginie :
Pour lui et pour elle,
C'était une ombrelle.

COULEURS SANS DANGER

Avril en cachette
Peignait le gazon
Insoucieux de nos péchés
Comme par hasard au nombre de sept

Un prisme vous capture
Arc-en-ciel
Qui finissez vos jours en prison

Insensible au chatoiement de vos crimes
L'ice-cream
prouve l'ingénuité de nos dînettes

POÉSIE

Bulles de savon
Égayant ta pipe Gambier
Noël nous savons
Que l'hiver est ton barbier

Jeux de lumière

Ce ne sont guère ô ma cousine
Jeux de votre âge
Car
Une jeune fille
Doit se coucher de bonne heure

Vous doutez-vous de votre bonheur

Pelouse de votre enfance

À peine plus hauts que le gazon
Vos souvenirs foulés par ce garçon
Mal élevé
C'est moi

Que dira votre mère

REGISTRE DES RÉCLAMATIONS

Poésie, train de plaisir. L'escalier se déplie comme un éventail. Les wagons sont des instruments de musique. Dans les bals, Miss Électricité fait tapisserie. Un ballon d'enfant, explosant à propos, suffit pour que nous regrettions le temps perdu.
J'ai conseillé à mon voisin de se faire une raison.

ZÉRO DE CONDUITE

Repentirs! dont on fit les paysages exposés chez les coiffeurs. Nous ne sommes plus coiffés comme des filles. Nous ne sommes plus coiffés comme des filles. Lumières ruisselant aux vitrines du boulevard : une fontaine salutaire me rajeunit de douze ans. La pendule est une ruche. Les heures bourdonnent. De vraies abeilles nous volent le miel de nos tartines. Madeleine et moi, nous en sommes aux pronoms possessifs. Comme la nouvelle institutrice est drôlement coiffée. Chacune de ses oreilles est cachée par un récepteur téléphonique, ce qui lui permet de ne pas entendre mes sanglots. Frais comme une rose, le mauvais garnement essaie de se donner une contenance quand il traverse le marché aux fleurs de la Madeleine.

Notes

Recueil manuscrit daté 1919, illustré à l'aquarelle par l'auteur.
Composé en décembre 1919, et adressé à Jacques Doucet.

Prise d'armes

Ce poème a été écrit en juillet 1919.
Une variante de ce poème sera publiée sans signature dans la revue *Le Coq parisien* n° 3, datée juillet-août-septembre 1920.

Côte d'Azur

Ce poème, écrit en juillet 1919, a été publié dans la revue *Littérature* n° 9 en novembre 1919 ; il sera publié dans le recueil *Les Joues en feu* (François Bernouard, 1920) puis, sous le titre *Un soir d'août*, dans le recueil *Les Joues en feu* (Bernard Grasset, 1925).

Joueuses de volant

Ce poème a été écrit en août 1919.

Monologue

Ce poème, écrit en septembre 1919, sera publié sous le titre *Victoire* dans la revue *Les Écrits nouveaux* n° 3 en mars 1920, comme partie du conte *Billet de faveur*, puis dans le recueil apocryphe *Jeux innocents* (René Bonnel, 1926).

Les Petits Ruisseaux font les grandes rivières
   Ce poème a été écrit en octobre 1919.

Nues
   Ce poème, écrit en octobre 1919, sera publié dans la
   revue *Action* n° 5 en octobre 1920, puis dans le recueil
   apocryphe *Jeux innocents* (René Bonnel, 1926).

Paul et Virginie
   Ce poème, écrit en novembre 1919, sera publié dans la
   revue *Littérature* n° 12 en février 1920, puis dans les
   recueils *Devoirs de vacances* (La Sirène, 1921) et *Les
   Joues en feu* (Bernard Grasset, 1925).
   Francis Poulenc composera une mélodie sur ce poème
   en 1946, publiée aux Éditions Max Eschig en 1947.

Couleurs sans danger
   Ce poème a été écrit en décembre 1919.
   Une variante de ce poème – écrite en décembre 1919 –
   sera publiée dans le recueil *Les Joues en feu* (François
   Bernouard, 1920).
   Un poème différent portant le même titre figure dans le
   recueil manuscrit *Le Bonnet d'âne*.

Poésie
   Ce poème, écrit en décembre 1919, sera publié sous le
   titre *Pelouse* dans le recueil *Les Joues en feu* (François
   Bernouard, 1920).
   Georges Auric composera une mélodie sur ce poème,
   publiée dans *Les Joues en feu* (La Sirène, 1921).
   Un poème différent portant le même titre – écrit en

décembre 1919 – sera publié dans le recueil *Les Joues en feu* (Bernard Grasset, 1925).

Registre des réclamations
Ce poème a été écrit en décembre 1919.

Zéro de conduite
Ce poème a été écrit en décembre 1919.
Une variante de ce poème sera publiée dans le recueil *Les Joues en feu* (François Bernouard, 1920).

LES JOUES EN FEU
(1920)

CHEVEUX D'ANGE

Des anges chauves tissent les fils de la vierge. Toile d'araignée, l'étoile du désespoir.

Mouches enivrées, joueurs de tennis, malgré les filets, malgré l'azur insolent qui nous limite, continuons à charmer les lectrices des magazines anglais.

MONTAGNES RUSSES
OU VOYAGE DE NOCES

À ma place
Le lecteur et sa gracieuse compagne
Aux abeilles feraient la chasse

Mon amour Le pot de miel est à moitié vide

Un ciel à peine aussi tranquille
Que le ciel de notre lit

Jeune mariée Violette
Qui souriez sous la voilette
Sans retard réclamez la terre ferme

TOMBEAU DE VÉNUS

Jouets des vagues, vos oreilles roses. Ô mes cousines, plus légères que l'onde, pourquoi l'orphéon océanique vous fait-il frissonner? Voici Vénus. (Mais si vous voulez grandir, mes petites cousines, vous n'avez pas de temps à perdre.)

Aujourd'hui, cueillette des plumes d'autruche; bouquet de vagues frisées, l'éventail de Vénus.

Si elle se noie, nous lui élèverons un tombeau en coquillages.

HALTE

Cycliste en jupe-culotte!
À travers tous les âges, la route nationale mollement se
déroule, comme ta bande molletière.
Le culte des obstacles est en honneur chez nos ancêtres gaulois : poursuis poursuis le petit bonhomme des
chemins, malgré la borne kilométrique qui t'invite à la
fatigue, au repos de l'amour.

LE LANGAGE DES FLEURS
OU DES ÉTOILES

J'ai demeuré pendant quelque temps dans une maison où les douze jeunes filles ressemblaient aux mois de l'année. Je pouvais danser avec elles, mais je n'avais que ce droit, il m'était même défendu de parler. Un jour de pluie, pour me venger, j'offris à chacune des fleurs rapportées de voyage. Il y en eut qui comprirent. Après leur mort, je me déguisai en Bandit pour faire peur aux autres. Elles faisaient exprès de ne pas s'en apercevoir. En été tout le monde allait prendre l'air. Nous comptions les étoiles chacun de notre côté. Lorsque j'en trouvai une en trop, je n'ai rien dit.
Les jours de pluie seraient-ils passés ? Le ciel se referme, vous n'avez pas l'oreille assez fine.

ÉCHO

Petite niaise ! qui, pour me plaire, se fait fine taille : sa
ceinture pourrait être ma couronne. Ville, statue
géante, avec, en guise de ceinture un chemin de fer.
Villas abandonnées, instruments de musique qu'on
n'a pas baptisés. Gai comme la romance d'un arbre
en exil, le vent du Sud émeut les clochettes que le
hasard accrocha au cou des beautés déchues.
Banlieue criminelle ; ici, les roses sont des lanternes
sourdes. À quoi pensez-vous ? Quand il mourut, Narcisse avait mon âge. Lac, miroir concave ; pour mon
anniversaire le lac m'a fait cadeau d'une image qui
m'épouvante.

EMPLOI DU TEMPS

Mécontents si Dimanche ignore les pensums,
Au lieu de mots anglais mâchons du chewing-gum.
Souriez un peu, aurore à mon gré volage :
Le bonnet d'âne sied à ravir à votre âge.

On a le temps de rougir durant les vacances.
Puis après avoir lu tous les livres de prix,
Bouche en cœur, apprends à chanter faux des romances,
Souriant aux rosiers nains qui n'ont pas fleuri.

Une à une mes chansons mouraient en chemin.
« Le lieu du rendez-vous ». Déteigne une pancarte :
Le moindre de mes soucis, pourvu que demain
Les gratte-ciel jalousent mes châteaux de cartes.

Les doigts engourdis à force de réussites,
(Elle dans l'herbe folle perdant la raison)
Mensonges en fleurs ! Les soirs où vous vous assîtes
Les nouai-je en gerbe avec les brins du gazon ?

Votre regard m'accompagne en train de plaisir.
Plus morte que vive sous le pont qui l'outrage,
La rivière roule des sanglots de plaisir
À la fin eux seuls compagnons de mes voyages.

Conclusion

Lasse de soulever d'indociles collines
Délaisse sans pleurs les pensums que j'inventais ;
Aurore ! adieu ! en lambeaux la robe d'Été,
Je me sens assez fort pour regagner les villes.

Notes

Recueil publié aux éditions François Bemouard le 12 juillet 1920, orné de quatre images dessinées et gravées au burin par Jean Hugo sur des thèmes choisis par Raymond Radiguet : jeune homme lisant dans un jardin, canotiers à l'île d'Amour, bal blanc, cycliste en jupe-culotte.

Cheveux d'Ange

Montagnes russes ou Voyage de noces
   Ce poème a été adressé à Jean Cocteau en août 1919.

Au paradis des demoiselles
   Ce poème est une variante du poème intitulé *Couleurs sans danger* figurant dans le recueil manuscrit *Le Bonnet d'âne*.
   Francis Poulenc a composé une mélodie sur ce poème.

Couleurs sans danger
   Ce poème, écrit en décembre 1919, est une variante du poème figurant dans le recueil manuscrit *Couleurs sans danger*.
   Un poème différent portant le même titre figure dans le recueil manuscrit *Le Bonnet d'âne*.

Fac-Similé
   Ce poème figure dans le recueil manuscrit *Le Bonnet d'âne*.

Côte d'Azur

Ce poème, écrit en juillet 1919, a été publié dans la
revue *Littérature* n° 9 en novembre 1919, et figure dans
le recueil manuscrit *Couleurs sans danger*; il sera publié
sous le titre *Un soir d'août* dans le recueil *Les Joues en feu*
(Bernard Grasset, 1925).

Tombeau de Vénus

Ce poème, écrit en mai 1920, sera publié dans le recueil
Les Joues en feu (Bernard Grasset, 1925).
Un poème différent portant le même titre figure dans le
recueil manuscrit *Poèmes inédits*.

Halte

Ce poème, écrit en mai 1920, a été publié dans la revue
Le Coq n° 2 en juin 1920; il sera publié dans le recueil
Les Joues en feu (Bernard Grasset, 1925).
Henri Sauguet composera une mélodie sur ce poème,
dédiée à Pierre Lardin (Salabert, 1923).

Zéro de conduite

Ce poème est une variante du poème – écrit en décembre 1919 – figurant dans le recueil manuscrit *Couleurs
sans danger*.

Le Langage des fleurs ou des étoiles

Ce poème, écrit en avril 1919, a été publié dans la revue
Aujourd'hui le 2 juin 1919; il sera publié dans le recueil
Les Joues en feu (Bernard Grasset, 1925).

Incognito

Ce poème, écrit en avril 1919, a été publié dans la revue *Littérature* n° 4 en juin 1919, et figure dans le recueil manuscrit *Le Bonnet d'âne*; il sera publié dans le recueil *Les Joues en feu* (Bernard Grasset, 1925).

Pelouse

Ce poème, écrit en décembre 1919, figure dans le recueil manuscrit *Couleurs sans danger* sous le titre *Poésie*.
Georges Auric composera une mélodie sur ce poème, publiée dans *Les Joues en feu* (La Sirène, 1921).

Écho

Emploi du Temps

Ce poème, écrit en septembre 1919, a été publié dans la revue *Littérature* n° 11 en janvier 1920; il sera publié dans le recueil *Les Joues en feu* (Bernard Grasset, 1925). Un poème différent portant le même titre figure dans le recueil manuscrit *Le Bonnet d'âne*.

DEVOIRS DE VACANCES

PRÉFACE

Il est bon de tout feindre et même la pudeur.
André Chénier.

J'ai honte, oh !
Me rajeunir ! en publiant des devoirs de vacances. À ma place, qui ne rougirait ? (adorable usage du monde).
Durant la belle saison, nous jouons à cache-cache, non, aux quatre coins, avec l'amitié. On villégiature aux quatre coins du monde. Les après-midi n'en finissent plus. Pour tuer le temps, nous brodons un madrigal ; certes, sans nous préoccuper de poésie.
Mille fois merci, ma chère Irène, pour vos jolis dessins égayant mon cahier ; la lectrice, ou quelque enfant de sa famille, prendra un vif plaisir à les colorier.

P.S. – Ah pardon, j'oubliais ! Je ne puis travailler sans un miroir de poche.
Narcisse ?
Vous vous trompez ; moi, c'est pour me faire des grimaces.

19 septembre 1919

DÉJEUNER DE SOLEIL

Ah les cornes : c'est un colimaçon.
Paresseuse, si vous voulez nous plaire,
Désormais sachez mieux votre leçon,

Nous ne sommes plus ces mauvais garçons
Ivres à jamais de boissons polaires,
Depuis que les flots vivent sans glaçons.

Seize ans : les glaces sont à la framboise.
Je ne viderai pas votre panier
Avant la mort de cette aube narquoise.

À mon âge les pleurs manquent de charme ;
J'irai près du soleil, dans le grenier,
Afin que sèchent plus vite mes larmes.

COLIN-MAILLARD

Craignons de marcher sur le sable
indiscret plus qu'il ne le faut
Aline poupée incassable
comme elle soyons sans défaut

Un sourire que le vent berce
la tonnelle était son berceau
Un nuage entre deux averses
taquinerait les arbrisseaux

Pas plus grand qu'un mouchoir de poche
futile bandeau sur mes yeux
Paris
       sans souci des reproches
que me fera quelque envieux

LE PLURIEL DES NOMS

Il y a des boîtes à bijoux dont le couvercle est un
miroir. Le fleuve sur lequel patine Narcisse empri-
sonne ses paroles. Larive et Fleury: Narcisse se
change en fleur dès qu'on veut mettre son nom au
pluriel.

HYMEN

Plus doux et blanc que des moutons
Avance un troupeau de nuages
La bergère était de bon ton
Surtout chérissant les orages

Tout à l'heure l'essentiel
Ce sera de ne pas se taire
Quand apparaîtra l'arc-en-ciel
Paraît-il l'écharpe du maire

TOMBOLA

On dirait la Grande Roue.
        Une broche à l'heureux gagnant ;
le pauvre marin, ne sachant qu'en faire, de rage, pique
au vif l'azur de son béret, et, à défaut d'un prénom de
femme, y fait inscrire celui de son bateau.

– Où puis-je avoir laissé mon éventail ?
– Vous ne voyez pas d'ici ? Il fait la roue, sur la
pelouse, où des trèfles à quatre feuilles poussent en
cachette.

Les jeunes filles qui montent en balançoire rougissent
chacune à leur tour : leurs robes blanches s'accrochent
aux bras de l'épouvantail.

– Elles aussi sont toutes rouges, les cerises.

Sans faire de jalouses, le galant épouvantail offre des
        boucles d'oreilles.
        Le pauvre marin
ne possède d'autre bijou qu'une broche, gagnée à la
tombola.

AMÉLIE

Vagues charmeuses ô peut-être votre essaim
Mouille le ramage des vieux oiseaux moqueurs
Ils se moquent de nous qui perdîmes un cœur
Cœur d'or que l'océan veut garder en son sein

Faire entendre raison à des âmes pareilles
En vain vous gazouillez bijoux à ses oreilles
Cher René nous savons que c'est pure folie
Ce voyage au long cours à cause d'Amélie

Moissonneur de nos mains fanées par les hivers
Les mousses se noyaient dans vos regards déserts
Auprès des matelots ce silence vous nuit
Vous devez avoir tort on ne meurt pas d'ennui

Orages sur le pont si le champagne mousse
Versons une liqueur de fantaisie au mousse
Pour nous remercier de ces verres de menthe
Il nous épellera le nom de son amante

UNE CARTE POSTALE :
LES QUAIS DE PARIS

On a remplacé les coquillages
Par des boîtes à livres. J'appris
Qu'il est de bien plus jolis rivages,
En feuilletant les livres de prix.

Cher ami, sans retard levons l'ancre ;
Encrier triste comme la mer.
De grâce, n'écrivez plus à l'encre :
Les mots qu'on y pêche sont amers.

ALPHABET

Un vrai petit diable (dictée)

« Le mois dernier, Irène atteignit l'âge de raison.
– Il faut travailler d'après nature, affirment les parents.
Irène voulut choisir elle-même le chapeau de paille destiné à la garder des insolations.
Seule en face du gros arbre, laid à faire peur, elle trouve plus amusant de dessiner de mémoire, au verso de son Billet d'Honneur, les clowns qu'elle vit jeudi dernier, en récompense d'une semaine d'application.
Mademoiselle Personne ne sera pas contente. Cette vieille voisine qui, à ses heures perdues, enseigne les arts d'agrément, ne sait quelle punition infliger à l'espiègle Irène. À sa place, nous lui ferions apprendre par cœur l'alphabet contenu dans vingt-cinq Cornets à Surprises. »
Un point, c'est tout.

Album
Apprendre n'est pas un pensum
Lectrice qui ne savez lire
Ayez grand soin de cet album
Né du plus funeste délire

Bateau
Bateau debout bateau hagard
La danseuse sans crier gare
Sans même appeler les pompiers
Mourut sur la pointe des pieds

Cocarde
Pour faire éclore une cocarde
Aux boutonnières de juillet
Bara notre frère de lait
Il suffit que tu les regardes

Domino
Le domino, jeu des ménages
Embellit les soirs de campagne.
Du grand-père écoutons l'adage :
« Qui triche enfant finit au bagne »

Escarpin
Grand bal dans la forêt ce soir
Les dryades à chaque pin
Ont accroché deux escarpins
Que chaussent leurs cavaliers noirs

Filet à papillons
« Papillon, tu es inhumain !
Je te poursuis depuis hier »
Ainsi parlait une écolière
Que j'ai rencontrée en chemin

Grenadine
Amour ! moins bénigne des fièvres !
Rien que la regarder m'enivre
Grenadine couleur des lèvres
Qui de tous chagrins me délivrent

Hirondelle
Comme chacun sait l'hirondelle
Annonce la belle saison
Elle n'a pas toujours raison
Cependant nous croyons en elle

Initiales
Initiales enlacées
Sur le sable comme nous-mêmes
Nos amours seront effacées
Avant ce fugitif emblème

Journal
Las de savoir par cœur la terre
Un journal laissé sur la plage
Oiseau inquiet désaltère
Dans l'onde sa soif des voyages

Képi
La guerre fut un chapelier
Coiffant les Français d'un képi
La paix y broda des lauriers
Dès que le canon s'assoupit

Loup
Neige un carnaval insolent
Je vous reconnais joli masque
Ce loup fuyait sous la bourrasque
Des confettis roses et blancs

Mallarmé
Un éventail qui fut l'oiselle
Exquise des rudes étés
Effleure fraîchement de l'aile
L'oiseau peint sur la tasse à thé

Nacelle
Gambetta dans une nacelle
Disait au revoir à Paris
Et Paris pleurait comme celle
Qu'abandonne un époux chéri

Ombrelle
Facilement on se console
Des agaceries du soleil
L'ombrelle ou bien le parasol
Est la fleur qui nous émerveille

Paravent
Ô mon lys ma chaste Suzanne
Fleuris derrière un paravent
Cette pudeur me décevant
Tu rougis comme une pivoine

Quatrain
Ôte ton bandeau Cupidon
Et sollicite mon pardon
Victime de ta perfidie
Ce quatrain je te le dédie

Rose
Tu pourras embrasser les roses
Sans en abîmer la couleur
Car (embrasse-les si tu l'oses)
Zéphir a souffleté ces fleurs

Sachet
Jardinier chéri des verveines
Enferme leur parfum qui ment
Et change en sachet porte-veine
Notre insensible talisman

Tirelire
Enfant bientôt tu sauras lire
Nous te comblerons de cadeaux
Une pesante tirelire
Sera ton plus léger fardeau

Uniforme
Les arbres soldats du printemps
Ont revêtu leur uniforme
Et pour qu'aucun d'eux ne s'endorme
L'oiseau veille, armé de ses chants

Vitre
Voici la mauvaise saison
Le froid qui est un assassin
S'amuse à faire des dessins
Sur les vitres de sa prison

Xylolâtrie
Ne connaissant pas l'hiver, tu
Peux, bon nègre, être xylolâtre
Mais dans ma maison, tes statues
Sans regret je les donne à l'âtre

Yole
Chavirez chère demoiselle
Qui ramâtes sans gloriole
Un refrain se mouille les ailes
Dernière chanson de Mayol

Zéro
Lectrice adorable bourreau
Plus que jamais soyez sévère
Quand vous découvrirez ces vers
À peine dignes d'un zéro

Notes

Recueil publié aux éditions de La Sirène le 31 janvier 1921, avec trois images d'Irène Lagut.
Dédié à Jean Cocteau.
Préface de l'auteur adressée à Jean Cocteau et à André Breton sous le titre *Carte-lettre*.

Déjeuner de soleil

> Ce poème, écrit en août 1919, a été adressé à Marcel Herrand le 7 août 1919 ; il sera publié dans le recueil *Les Joues en feu* (Bernard Grasset, 1925).
>
> Georges Auric composera une mélodie sur ce poème, publiée dans *Les Joues en feu* (La Sirène, 1921).

Colin-maillard

> Ce poème a été adressé à Marcel Herrand le 7 août 1919.

Le Pluriel des noms

Hymen

> Un poème différent portant le même titre figure dans le recueil manuscrit *Le Bonnet d'âne*.

Tombola

> Ce poème, écrit en juillet 1919, sera publié dans le recueil *Les Joues en feu* (Bernard Grasset, 1925).

Paul et Virginie

Ce poème, écrit en novembre 1919, figure dans le recueil manuscrit *Couleurs sans danger*, et a été publié dans la revue *Littérature* n° 12 en février 1920 ; il sera publié dans le recueil *Les Joues en feu* (Bernard Grasset, 1925).

Francis Poulenc composera une mélodie sur ce poème en 1946, publiée aux Éditions Max Eschig en 1947.

Amélie

Une variante de ce poème sera publiée dans le recueil *Les Joues en feu* (Bernard Grasset, 1925).

Une carte postale : les quais de Paris

Ce poème, écrit en août 1919, sera publié dans le recueil *Les Joues en feu* (Bernard Grasset, 1925).

Henri Sauguet composera une mélodie sur ce poème, publiée aux Éditions Salabert en 1922 et dans la revue *Les Feuilles libres* n° 36 en septembre 1924.

Alphabet

Ce poème a été écrit en décembre 1919.

Une variante de l'extrait en prose *Un vrai petit diable (dictée)* – dédiée à Irène Lagut – a été publiée dans la rubrique « Palets » de la revue *Littérature* n° 5 en juillet 1919.

Une variante du quatrain *Xylolâtrie* a été publiée dans la rubrique « Boîte aux lettres » de la revue *Le Coq parisien* n° 4 en novembre 1920.

Les quatrains *Bateau, Filet à papillons, Hirondelle, Initiale, Loup, Tirelire* et *Vitre* seront publiés sous le titre *Lettres d'un alphabet* dans le recueil *Les Joues en feu* (Bernard Grasset, 1925).

Georges Auric composera vingt-cinq mélodies sur les vingt-cinq quatrains de ce poème. Les mélodies *Filet à papillons* et *Hirondelle* seront publiées dans la revue *Les Feuilles libres* n° 27 en juin 1922.

LES JOUES EN FEU
(1925)

AVANT-PROPOS

Je publie ces poèmes dans l'ordre chronologique. C'est le seul qui leur convienne. Car, loin de chérir cette sorte de colin-maillard auquel des écrivains se livrent avec leurs lecteurs, je n'ai d'autre souci que d'être entendu. En relisant ces poèmes, détachés de moi, il me semble qu'ils peuvent apporter quelques lueurs sur un âge assez obscur – le véritable âge ingrat, seize, dix-sept, dix-huit ans. À ce moment de la vie, les mois ont la valeur d'années. Cette dernière considération m'a décidé à faire lire ces poèmes comme ils furent écrits. J'ai préféré sacrifier à l'agrément typographique, plutôt que d'éteindre ces lueurs, qui proviennent à la fois des feux naturels à l'aurore, et d'incendies moins prévus.

Le premier de mes poèmes, *Langage des fleurs et des étoiles*, est daté de mars 1919, le dernier d'août 1921. C'est à ce moment que je commençai *Le Diable au corps*. Depuis, je n'ai pas écrit de poèmes. Mais si celui qui ferme ce recueil s'appelle *Un cygne mort...*, il ne faut y voir aucune malveillance à mon adresse. J'éprouve des sentiments trop tendres envers la clarté, pour garder le silence sur le mystère de ces poèmes, et feindre de l'ignorer. Ce mystère ne provient nullement

d'une esthétique, il n'est point le résultat d'un pari. Je
n'en trouverai pas la justification où l'on a coutume de
l'aller chercher. Pourquoi m'autoriserais-je de l'obscu-
rité de certains de mes devanciers. Si l'on me blâme, si
l'on me loue, il ne faut louer ou blâmer que moi – mes
poèmes sont l'expression naturelle d'un mélange de
pudeur, de cachotterie propre à l'âge auquel ils ont
été écrits. Si tout n'y est pas clair, il n'en faut point
accuser mes poètes préférés. Car c'est Ronsard, Chénier, Malherbe, La Fontaine, Tristan Lhermite, qui
m'ont dit ce qu'est la poésie. Si j'en goûte de plus
récents, je n'ai pas pu en tirer de leçon, du moins
aucune qui me donnât envie de les suivre. Quels mauvais maîtres ont enseigné à toute une jeunesse que,
pour atteindre au cœur des choses, il suffit de les
dépouiller de tout ce qui les entoure, et qu'en suppri-
mant les barrières, on touche la poésie de plus près ?

Serait-ce le fait d'une modestie peu commune qu'un
poète confessât que l'intérêt le plus sûr de sa produc-
tion est sans doute d'ordre psychologique. *Les Joues en
feu* pourront peut-être éclairer une minute particuliè-
rement mystérieuse : La Naissance de Vénus, qu'il ne
faut pas confondre avec la Naissance de l'Amour.
C'est avant, ou après notre cœur, que s'éveillent nos
sens ; jamais en même temps. Aussi, ces poèmes ne me
semblent pas frivoles, après *Le Diable au corps* – ce
drame de l'avant-saison du cœur. Des vieillards me
feront peut-être le reproche qu'ils m'ont déjà fait : de

manquer de jeunesse. On étonnerait bien ces roma-
nesques en leur disant que c'est déprécier les choses,
et les méconnaître, que de les vouloir autres qu'elles
sont, même quand on les veut plus belles. Peut-être
aussi m'accusera-t-on encore de libertinage. L'erreur
d'optique qui fait juger licencieuse une œuvre où tout
est dit purement et simplement, a bien valu de nombreux acheteurs à mon premier roman – J'espère qu'ils
ont été déçus. Mais faut-il en être sûr ?

Daphnis et Chloé, le roman le plus chaste du monde,
n'est-il pas un de ces livres que les collégiens lisent en
cachette ? Et plus d'hommes qu'on ne croit restent des
collégiens, toute leur vie. Niaises curiosités, rires à
contretemps, combien peu, avec l'âge, s'en débarras-
sent.

Parmi les autres choses qui pourraient dérouter le lecteur attentif, je m'en voudrais de n'en pas signaler une
au moins. Après qu'il aura lu la première moitié de ce
recueil, et qu'il lui aura semblé comprendre que l'auteur veut pour chaque poème une forme particulière, il
sera surpris de me voir adopter une forme, sans doute
assez élastique dans sa monotonie, mais du moins, au
coup d'œil, toujours semblable. C'est que tous ces
poèmes en octosyllabes, rimés quand cela me chante,
sont de la même inspiration. Ils ont été composés en
mai et avril 1921, au bord de la Méditerranée. Sur ses
rivages antiques, à moi naïf habitant de l'Île-de-
France, la mythologie se montra vivante et nue.
Après les nymphes de la Marne, Vénus au bain, il y a

de quoi vous tourner la tête ! C'est dans certains de ces
poèmes que la sensualité la plus gourmande se cache
le moins. Puis l'on voit s'évanouir doucement cette
singulière apparition de Vénus.

                                    Raymond Radiguet

DÉPLACEMENTS ET VILLÉGIATURES

I

Au sein des villes qui ont dès longtemps atteint
L'âge de la stérilité, ah si l'encre pouvait se tarir !
Dans un magasin où je cueillais des
Giroflées de Suède, nous frôlâmes Gertrude que l'on
voit une seule fois pendant son séjour sur la terre ou la
mer.
Enseigne des gantiers : une attrayante image de la
mort. Cette main de fer au-dessus de ma tête, n'est-
ce pas aussi ma main que ne savent éviter les mouches ?

II

En robe du soir, l'infante de la dune frileuse m'offre
son lait. Elle m'apprend à marcher sur le sable sans y
laisser de traces. Nous nous exprimons dans des langues plus ou moins mortes. Cependant, le cavalier, à
qui la mer va comme un gant, le futur noyé, l'oreille
contre les vagues, les écoute décider de son sort, sans
comprendre.

AUTOMNE

Tu le sais, inimitable fraise des bois
Comme un charbon ardent aux doigts de qui te
                                        [cueille :
Leçons et rires buissonniers
Ne se commandent pas.

Chez le chasseur qui la met en joue
L'automne pense-t-elle susciter l'émoi
Que nous mettent au cœur les plus jeunes mois ?

Blessée à mort, Nature,
Et feignant encor
D'une Ève enfantine la joue
Que fardent non la pudeur mais les confitures
Ta mûre témérité
S'efforce de mériter
La feuille de vigne vierge.

BOUQUET DE FLAMMES...

Bouquet de flammes (que délie
Des faveurs l'innocent larcin)
Où se noyer en compagnie
Des colombes de la Saint-Jean.

De l'eau qui ne peut en son lit
Obtenir la tranquillité,
Et des feux oisifs qui s'ennuient
Loin des lieux par Vénus hantés,

Roucoulent les vagues, singeant
Dans leur adorable colère
Un sein qui se gonfle de lait.
Ou de désir? Plutôt cela.

L'ÉCOLE DU SOIR

Aurore, à nul des cœurs qui saignent,
Ne vas recommander l'école
Où buissonnière on nous enseigne
La douleur plutôt que les jeux.

Un jour, en mousse se déguise
L'espiègle Vénus, et son col
Marin fait le ciel orageux;
Demain en maîtresse d'école,

Mais marine, non buissonnière.
Ses leçons sont plus à ma guise,
Ignorante, elle qui serait
De ses élèves la dernière!

Vénus charmant les tableaux noirs:
Figure tracée à la craie,
Enfin Vénus s'effacerait,
Ligne à ligne, de nos mémoires.

LE RENDEZ-VOUS SOLITAIRE

Emprunte aux oiseaux leur auberge
Au feuillage d'ardoise tendre !
Loin des fatigues, ma cycliste,
Qui t'épanouis sur nos berges,
Future fleur comme Narcisse,

Tu sembles toi-même t'attendre !
Mais pour que nul gêneur ne vienne
Je nomme la Marne gardienne,
Ô peu chaste, de tes appâts.
La Marne fera les cent pas.

Si son eau douce va semblant
Plus douce et plus chaste que d'autres,
Ses désirs pourtant sont les nôtres :
Voir bouillir à l'heure du thé
Que l'on prend en pantalon blanc,

Au soleil, ta virginité !

NYMPHE ÉMUE

De ta tête, ôte ce panier,
Naguère débordant de fraises,
C'est en prendre trop à son aise,
Tant bien que mal, nymphe, élevée.

Car sur les cendres de tes fraises
Les bravos ont fait relever
Le tulle du lit où repose
La source d'hier, qui se tut.

Nymphe, m'apprivoisent tes cuisses,
Tes jambes à mon cou, statue,
Je courrais comme ondes bondissent,
Et arrivant en bas se tuent.

(Obligé qui voudrait y boire
Biche, de se mettre à genoux.)

Nymphe pensionnaire des bois
Me conviant à ce goûter,
Pour que commodément je puisse
Tes sauvages fraises brouter,
Demande aux ronces de ces bois
De lever ton tablier noir:

Ardeur de cheminée, à nous
Forestière tu te révèles,
Ton feu je l'allume à genoux
Comme aux sources lorsqu'on y boit.

LES ADIEUX DU COQ

Que le coq agite sa crête
Où l'entendent les girouettes ;
Adieu, maisons aux tuiles rouges,
Il y a des hommes qui bougent.

Âme ni mon corps n'étaient nés
Pour devenir cette momie,
Bûche devant la cheminée
Dont la flamme est ma seule amie.

Vénus aurait mieux fait de naître
Sur le monotone bûcher
Devant lequel je suis couché,
La guettant comme à la fenêtre.

Nous ne sommes pas en décembre ;
Je ne serais guère étonné
Pourtant, si dans la cheminée,
Un beau matin je vois descendre

Vénus en pleurs du ciel chassée,
Vénus dans ses petits sabots
(De Noël les moindres cadeaux
Sont luxueusement chaussés).

Mais, Écho ! je sais que tu mens.
Par le chemin du ramoneur,
Comme en un miroir déformant,
Divers fantômes du bonheur,

À pas de loup vers moi venus,
Surprirent corps et âmes nus.
– Bonheur, je ne t'ai reconnu
Qu'au bruit que tu fis en partant.

Reste étendue, il n'est plus temps,
Car il vole, âme, et toi tu cours,
Et déjà mon oreille avide,
Suspendue au-dessous du vide,

Ne perçoit que la basse-cour.
Coq, dans la gorge le couteau
Du criminel, chantez encor :
Je veux croire qu'il est trop tôt.

VÉNUS DÉMASQUÉE

Vénus non seulement me livre
Ses secrets, mais ceux de sa mère :
Jadis je regardais la mer
Comme regarderait les livres

Un enfant qui ne sait pas lire.
Vénus, sans l'aide d'une mère,
D'être venue aux cieux déments
Se vante. Il faut souffrir, déesse,

Qu'un simple élève vous démente.
M'apprendre à lire couramment
Les vagues de la mer qui sont
Maternelles rides d'un ventre,

Voilà bien de vos maladresses !
Et celle d'un naïf garçon
Est ma vengeance : pour le prix
De vos dangereuses leçons,

À me lire je vous appris.

L'ÉTOILE DE VÉNUS

Après d'Avril la verte douche,
Dans ton hamac, dans ton étoile,
Au milieu du ciel tu te sèches.
Recommence ! d'une fessée,
Insolente, récompensée,

Sous l'étoile des maraîchers,
Leurs tombereaux de grosses roses
Que par gourmandise l'on baise,
Joues jalouses du châtiment
Que, jaillie hors du gant, ma main,
Frais jet d'eau, inflige à leurs sœurs,

Les fruits qui fondent dans la bouche
Avec le sucre du péché,
Les transporte sur nos marchés
Conduit, Vénus, par ton étoile,
En charrette, un de nos rois mages.
Ils ne t'auront pas empêchée
De prendre du ciel le chemin.

Pourquoi donc après être né
Faudrait-il, Vénus, que l'on meure?
Mais de sa dernière demeure
Déesse, au moins, laisse le choix
À ce serviteur que tu choies
Au point de l'admettre en ta couche!

Au fond du ciel, non de la mer,
Prise aux filets que tu tendis,
Si tu veux, ondine de l'air,
Que ton cœur, ton corps, je réchauffe,
Ne me promets ton paradis,
Mais, dans les Méditerranées,
De dormir où Vénus est née!

STATUE OU ÉPOUVANTAIL

Les seins du marbre, mes fruits lourds
Arrondis par le lourd soleil,
S'ils rougissent, tout est perdu,
Je les nomme pommes d'amour.

C'est, entier, un verger marin,
À elle seule que Vénus ;
Verger par lui-même trahi !
Car Vénus, pendant son sommeil,

Nous livre ses secrets, ses fruits.
(Installé le moineau, corail
Sur ta branche, il la fait plier),
Heureux qui ne doute de rien !

Sans crainte, vagues, picotez
L'arbre du corail effronté :
Dans son rôle d'épouvantail
Vénus manque d'autorité.

LE PRISONNIER DES MERS

Le mousse mis en quarantaine,
Sa mère des terres lointaines
Lui fait parvenir des albums
Indéchirables, et son cœur
Ne pourrait pas en dire autant.

C'est le décor des scarlatines;
On s'y promène sans bouger,
Toujours en chemise de nuit,
Aussi longue que les journées.

Au théâtre des scarlatines
Où meurt le prisonnier des mers,
Jamais on ne boit ni ne mange,
C'est l'apprentissage des anges.

Son apprentissage fini,
Le prisonnier des mers s'évade,
Il grimpe tout en haut du mât.

Mais les marins ont des fusils,
Oiseau de mer, ange lourdaud,
Une âme retombe dans l'eau.
Parmi, vagues, vos blancs soucis
De pigeons avant le voyage.

Moi je tire à la courte paille,
Pour savoir laquelle de vous
S'en ira prévenir la mère.

LE PANIER RENVERSÉ
(HISTOIRE DE FRANCE)

La vie est sommeil dont nous tire
La mort, par les pieds, les cheveux

Exauçant mes timides vœux
Comme c'est gentil à vous, reine,
D'avoir voulu, vous, en personne,
M'entr'ouvrir du parc de Versailles
La porte, avec la clef des songes.

Pour me faire à nouveau plaisir
Roulez-vous sur votre gazon
Dont le peuple jaloux disait
Qu'en même temps que vos moutons
Le coiffeur royal le frisait !

Car des deux maris, le jaloux,
Que s'en aillent vos jeux, vos ris
Vers cette bergère : Versailles,
C'était non le roi, mais Paris.

Semblant dans le gazon chercher
De Gygès la bague perdue
Vous vous promeniez entre amies,
Respirant un peu, en cachette.

Un amant, il l'eût pardonné ;
Mais pareils jeux de pensionnaires
Ne les peut comprendre un mari.

Avouez, Marie-Antoinette,
(Et bien qu'en public je sois prêt
À soutenir tout le contraire),
Que ces prétextes de main-chaude,
Les parties de saute-mouton,
Étaient un peu moins innocentes
Que jeux d'agneaux venant de naître.

Un beau jour le mari jaloux,
Pour venir à bout de sa reine
Demande l'aide du docteur.

Elle se morfond et lamente
Dans l'humiliante prison,
Dans cette chemise de nuit
Juste laissant libre la tête.

Vous n'êtes au bout de vos peines,
Marie-Antoinette, sachez
Que ne vous seront inutiles
Aucun des jeux que vous apprîtes.

Puisqu'ils sont bel et bien partis
Les jours des rubans aux paniers,
Passez la tête à la lucarne
Où l'on voit le prince Charmant.

Et que nulle arrière-pensée
Ne gâche l'ultime partie
De saute-mouton, de main-chaude :
Bientôt votre main sera froide.

Des perles de votre collier
Gygès suivra le pointillé,
Car à ce mince col de cygne
La bague de Gygès suffit

Pour escamoter votre tête.
Du saute-mouton en public
Clandestines sœurs, vos amours,
En serait-ce le souvenir,

Ou le roulement des tambours
(Trapèze!) au moment du péril
Qui vous fait peur, ô débutante?

Mais, tressé pour des bergeries
Moins sanglantes, de ce panier
Bien que de rubans défleuri
Vous rassure la vue. À tort.

Plus la peine de vous cacher
Parmi les arbres de Versailles,
Mon bel arbuste foudroyé,
Au bout du plaisir, qui, d'un jet
Peu féminin, jusques au ciel
Lancez oiseau et sève mièvres.

C'est le coup de foudre, dit-on.
Soyez plus farouche, ma reine,
Et pour lucidement goûter
La pomme d'amour que vous offre
La mort, oui le prince Charmant,
Refusez que l'on vous endorme.

Déjà la vie est long sommeil
Sous les pommiers au bois dormant,
Et ses songes font dire à l'homme
Qu'il ne dort pas. Nous crûmes vivre,
Éternité ! Heureusement
Que de toi la mort nous délivre.

À UNE PROMENEUSE NUE

Prends exemple sur la colline
Qui doit accoucher du raisin.
Elle, des feuilles de ses vignes,
Pourrait aussi se contenter.

Pourtant, des châles en gazon,
De la fourrure des buissons,
Des bonnets, des manchons de thym
Où cachent leurs jeux les lapins,

Elle costume sa beauté.
– Et toi, coquette extravagante,
Qui de ta seule peau te gantes,
Avril, tu te crois en été !

LA GUERRE DE CENT ANS

Ô girls comme flammes danseuses !
Une biche lèche une rose ;
Avec douceur, bonbon anglais,
Elle s'écroule en mon palais.

Si nos langues ne sont pas sœurs,
Qu'une biche lèche mon âme,
Le guerrier, sous d'expertes flammes
S'énerve et pourtant vierge meurt.

Que ne suis-je elle ou l'oiseleur,
Belle sous la boule de gui,
Et au miel de votre baiser,
Oiseleur je resterai pris.

De nos bergères les Anglais
Font des bûches pour leur Christmas.
Fond votre langue en mon palais,
C'est à la mort que ma grimace

S'adresse et non pas à l'amour.
Je n'ai rien de commun, sauf l'âge,
Avec le dédaigneux Narcisse,
Ainsi que Jeanne trop penché
Sur le seul bûcher de son âme.

L'ANGE

Au front de bon élève, l'ange
Lauré de fleurs surnaturelles.

Pour ne pas manquer ses calculs,
Appliqué, il tire la langue,
Tentant de suivre à cloche-pied,
Au verger des quatre saisons,
Le pointillé de leurs frontières.

La neige, est-ce bon à manger?
L'ange pillard en a tant mis
Dans sa poche, à jamais il reste
Parmi nous les forçats terrestres
Que cette boule rive au sol,
Faite en neige qu'on croit légère.

Sans cesse empêché dans son vol,
Comme nous dans notre délire,
Cet ange enchaîné bat des ailes,
De ses amis implorant l'aide;
Aussitôt qu'il s'élève un peu,
Retombe dans les marronniers,
Où la gomme de leurs bourgeons

S'accrochant à ses cheveux d'ange
L'empêche à jamais de nier.

Croyez-vous que ce soit pour rien,
Qu'au poirier le pépiniériste
Laisse blettir ses belles poires ?
C'est qu'on reconnaît le voleur,
À la molle empreinte du doigt.

Mais Dieu examine les mains
Des anges voleurs de framboises,
Des assassins, chaque dimanche,
Et dans les mains les plus sanglantes,
Met des livres dorés sur tranches.

Dites ce que sont vos prisons,
Demande l'ange par trop niais,
Aux deux gendarmes l'emmenant
Avec pièce à conviction,
Dans le char des quatre saisons.

SEPTENTRION, DIEU DE L'AMOUR

Nous sommes venus voir l'enfant
Qui, de la pauvre Cendrillon
Ayant, paraît-il, hérité,
Peut conduire sans arrêter
Trois jours durant le cotillon.

Le croyez-vous, c'est celui-ci
Qui danse, une étoile à son front,
Comme sur le parquet poli
Où aurait pu glisser Narcisse.
Son étoile en la mer se mire,
Celle qui guide nos marins.

Tous les cadeaux que distribue
Avec sur les yeux un bandeau
L'enfant qui devrait être dieu
Gracieusement aux danseuses
Ravissent leur cœur et leurs yeux.

De mélodieux coquillages
Des danseuses devinant l'âge.

Des jumelles faisant voir nue
Celle dont on rêve la nuit.

Des chapeaux de bizarre forme
Coiffez-vous-en, car ils endorment
Toute peine qui vient du cœur.
Et, sans nulle parcimonie,
Encor des cœurs, beaucoup de cœurs,
Que gauchement elles manient.

Si notre feu dure trois jours
Est-il digne du nom amour?
Ma belle danseuse inconnue
Consulte à ce sujet Vénus
Bien qu'elle n'ait pas reconnu
Pour fils le vrai dieu de l'amour.

Comment veux-tu que nous croyions
En celui qui ne meurt jamais?
Le vrai dieu c'est l'enfant aimé
C'est le danseur Septentrion;
Avec le bal son cœur s'arrête
Et notre amour meurt aussi vite.

ÉLÉGIE

Araignée. À moins que l'espoir
Du matin dure jusqu'au soir,
La voilette en fils de la vierge
Dérobera notre adultère.

Ariane, faudrait-il taire
Ta chance d'être parvenue
À démêler tous ces mystères
Où s'embrouillait même Vénus
Y perdant pied, perdant haleine,
Comme nous dans ses tendres pièges.

Êtes-vous pelote de laine,
Mon cœur, par la chatte agacé ?

Vierge, voici le fil cassé.
C'est bien de ta faute, Vénus,
Puisque nos cœurs sont la pâture
De tes tigres en miniature.

Et la Parque pendant ce temps
Tisse des bonnets de coton,
Pour que les anges en pantoufles,
Visitant les vivants qui souffrent

Les coiffent telle une bougie
De l'éteignoir. Fais-tu défaut,
Coiffure de mon élégie,
Sur les âmes eux-mêmes soufflent ;
Mais les anges sont des ténors
Se ménageant pour chanter haut
Notre louange, dès la mort.

POÉSIE

De son amour noircir les murs,
C'est très difficile à la ville ;
Souvent les murs étant de verre
Aux patineurs je porte envie

Mais me contente de mes vers ;
Seuls les voleurs sont assez riches
Pour inscrire sur la vitrine
Le prénom de leur bien-aimée.

Que ton diamant, Poésie,
Une de ces vitrines raye,
Des bavardes boucles d'oreilles,
J'achète ou vole le silence

Pour en orner de roses lobes.
Patineur, la glace est rompue
(En belle anglaise copiée,
Ma poésie, avec ses pieds).

AVEC LA MORT TU TE MARIES...

Avec la mort tu te maries
Sans le consentement des dieux;
Mais le suicide est tricherie
Qui nous rend aux joueurs odieux,
De leur ciel nous fermant la porte.

Les morts que l'on n'attendait pas
Devant le ciel font les cent pas
Et leurs âmes sont feuilles-mortes
Jouets du vent, des quatre vents.

Parce qu'au ciel on garde l'âge
Que l'on avait en arrivant,
Narcisse se donne la mort;
Il n'y trouve nul avantage,
Sauf la volupté du remords.

S'il tenait tant à son visage,
Que ne pensa-t-il se noyer
Dans la fontaine de Jouvence?
Toi, colombe dépareillée,
Explique à quoi cela t'avance
De répéter de ce nigaud

La dernière parole ? Écho,
Entendons-nous sous ce bosquet,
Es-tu colombe ou perroquet ?

De ce dernier tu t'autorises,
Paresseuse, pour grimacer
Aux mots d'amour que ton Narcisse
N'eut pas souci de prononcer.

Lui, Narcisse, errant dans les vals
De la mort, et, de roche en roche,
Elle dans la vie, ils se valent.
Ce désœuvrement les rapproche ;
Qu'ils eussent fait un beau ménage !

UN CYGNE MORT...

Un cygne mort ne se remarque
Parmi l'écume au bord du lac.

Léda te voilà bien vengée,
Pense qu'un cygne au tien pareil
D'une aïeule charmant l'oreille
Au premier chant fut égorgé.

Son duvet emplit l'édredon
Sous lequel Léda délaissée
Informe de son abandon
Le passant qui déjà le sait.

Passez, couleurs, puisque tout passe
À la fin il reste du blanc.
Les anges en peignoir de bain
Sur le sable n'ont laissé trace

De leur passage. Et les dérange
Du chien la nuit quelque aboiement,
Le simple coup de pied d'un ange
Enseigne au chien comme l'on ment.

Et toi, mon cygne, ma tristesse,
Qu'en attendant Noël j'engraisse,
Les larmes dont ton cœur est plein
Empêchent le sang de tacher
Le sable sur lequel Léda
Pour un cygne se suicida.

Son linge, ses larmes séchés,
L'ange s'élance du tremplin.

Notes

Recueil de « Poèmes anciens et poèmes inédits 1917-1921 »
publié aux éditions Bernard Grasset le 8 juillet 1925, orné
d'un portrait de Raymond Radiguet par Pablo Picasso (daté
17 décembre 1920), avec une note de l'éditeur, un poème
de Max Jacob, et un avant-propos de l'auteur publié dans le
journal *Paris-Soir* le 17 juillet 1924.

Note de Bernard Grasset
   « Raymond Radiguet a lui-même conservé pour l'ensemble de ses vers le titre de son premier recueil. Tous
ses poèmes furent écrits entre 1917 et 1921, de quatorze
à dix-huit ans.
   Les premiers datent de 1917-1918 (Parc Saint-Maur),
les vers réguliers d'avril 1920 (Carqueiranne) ; certaines
pièces comme *Déplacements et Villégiatures* furent écrites à
Piquey (Bassin d'Arcachon) en 1921, pendant qu'il
commençait *Le Diable au corps*.
   C'est à Piquey, septembre-octobre 1923, saisi d'un
besoin d'ordre mystérieux, qu'en terminant *Le Bal du
comte d'Orgel*, il classa ses poèmes et composa leur préface. »

Poème de Max Jacob

Esprit de Raymond Radiguet
À Jean Cocteau

Contemplez l'harmonie des choses.
Ô soleil de l'esprit réchauffez l'agonie...
Dans un nimbe arc-en-ciel géantes sont les roses !
Esprit ! ta boutonnière est une apothéose.
La musique a gelé dans l'air froid
comme une vérité céleste :
les bruits montent à toi et la fumée des rites
« Les magistrats, le peuple, malades et parents !
L'esprit tombe de moi comme des stalactites.
Siècles ! entre nuit et jour je tremble à l'Orient
et ce nimbe assaisonné par le salpêtre
de ma pure photographie où se résument les ancêtres. »
Le devoir réglait les passions humaines,
mais la honte retient le troupeau dans sa laine,
le fossoyeur au trou, l'aveugle au parapet.
Au loin, sous des portails ultra-violets,
chauves-souris se torturaient de leurs compas :
l'Enfer ! ! Les béquillards et leurs bras en écharpe,
les animaux qui n'ont que des faux pas,
enchaînés, déchaînés, faisaient des sauts de carpe.
Contemplez l'harmonie des choses,
le monde était pour toi, Raymond, plein de valeur
et ton siège en plein ciel, à de telles hauteurs !
Tu transformais nos vies en vérités célestes
dans l'air doux et froid.
Tu veillais sans un mot ! sans un geste !
Que tes frères les anges ne s'éloignent pas de toi.
Tu montes jusqu'aux ciels où tu vécus toujours.

Tu vécus de l'Esprit et c'est lui qui t'accueille
sur de pâles buissons de fleurs vives et de feuilles.
Ô calme amour des lettres ! Amour !

Le Langage des fleurs ou des étoiles
Ce poème, écrit en avril 1919, a été publié dans la revue
Aujourd'hui le 2 juin 1919, puis dans le recueil *Les Joues
en feu* (François Bernouard, 1920).

Incognito
Ce poème, écrit en avril 1919, figure dans le recueil
manuscrit *Le Bonnet d'âne* ; il a été publié dans la revue
Littérature n° 4 en juin 1919, puis dans le recueil *Les
Joues en feu* (François Bernouard, 1920).

Un soir d'août
Ce poème, écrit en juillet 1919, figure dam le recueil
manuscrit *Couleurs sans danger* ; il a été publié dans la
revue *Littérature* n° 9 en novembre 1919, puis dans le
recueil *Les Joues en feu* (François Bernouard, 1920) –
les deux fois sous le titre *Côte d'Azur*.

Tombola
Ce poème, écrit en juillet 1919, a été publié dans le
recueil *Devoirs de vacances* (La Sirène, 1921).

Déjeuner de soleil
Ce poème, écrit en août 1919, a été publié dans le
recueil *Devoirs de vacan*ces (La Sirène, 1921). Il a été
adressé à Marcel Herrand le 7 août 1919.
Georges Auric a composé une mélodie sur ce poème,
publiée dans *Les Joues en feu* (La Sirène, 1921).

Une carte postale : les quais de Paris
   Ce poème, écrit en août 1919, a été publié dans le
recueil *Devoirs de vacances* (La Sirène, 1921).
   Henri Sauguet a composé une mélodie sur ce poème,
publiée aux Éditions Salabert en 1922 et dans la revue
Les Feuilles libres n° 36 en septembre 1924.

Emploi du Temps
   Ce poème, écrit en septembre 1919, a été publié dans la
revue *Littérature* n° 11 en janvier 1920, puis dans le
recueil *Les Joues en feu* (François Bernouard, 1920).
   Un poème différent portant le même titre figure dans le
recueil manuscrit *Le Bonnet d'âne*.

Paul et Virginie
   Ce poème, écrit en novembre 1919, figure dans le
recueil manuscrit *Couleurs sans danger*; il a été publié
dans la revue *Littérature* n° 12 en février 1920 puis
dans le recueil *Devoirs de vacances* (La Sirène, 1921).
   Francis Poulenc composera une mélodie sur ce poème
en 1946, publiée aux Éditions Max Eschig en 1947.

Amélie
   Ce poème est une variante du poème publié dans le
recueil *Devoirs de vacances* (La Sirène, 1921).

Lettres d'un alphabet
   Ce poème est un extrait du poème *Alphabet* écrit en
décembre 1919 et publié dans le recueil *Devoirs de
vacances* (La Sirène, 1921), augmenté du quatrain *Mouchoir* – écrit en novembre 1920, sur lequel Erik Satie a

composé en 1920 une mélodie publiée sous le titre *Adieu* dans *Quatre Petites Mélodies* (La Sirène, 1922).

Georges Auric a composé vingt-cinq mélodies sur les vingt-cinq quatrains de ce poème. Les mélodies *Filet à papillons* et *Hirondelle* ont été publiées dans la revue *Les Feuilles libres* n° 27 en juin 1922.

Halte

Ce poème, écrit en mai 1920, a été publié dans la revue *Le Coq* n° 2 en juin 1920, puis dans le recueil *Les Joues en feu* (François Bernouard, 1920).

Henri Sauguet composera une mélodie sur ce poème, dédiée à Pierre Lardin (Salabert, 1923).

Tombeau de Vénus

Ce poème, écrit en mai 1920, a été publié dans le recueil *Les Joues en feu* (François Bernouard, 1920).

Un poème différent portant le même titre figure dans le recueil manuscrit *Poèmes inédits*.

Déplacements et villégiatures

Ce poème a été écrit le 1er septembre 1920.

Un poème différent portant le même titre sera publié dans le recueil apocryphe *Jeux innocents* (René Bonnel, 1926).

Automne

Ce poème, écrit en décembre 1920, a été publié dans *La Nouvelle Revue française* en mars 1921.

Bouquet de flammes...
Ce poème a été écrit en mars ou en avril 1921.

L'École du soir
Ce poème, écrit en mars ou en avril 1921, a été adressé à
Marcel Raval.

Le Rendez-vous solitaire
Ce poème a été écrit en mars ou en avril 1921.

Nymphe émue
Un extrait de ce poème écrit en mars ou en avril 1921 a
été publié dans l'hebdomadaire *Les Nouvelle littéraires*
n° 100 le 13 septembre 1924.

Les Adieux du coq
Ce poème, écrit en mars ou en avril 1921, a été adressé à
Tristan Tzara en mai 1922 ; il a été publié dans *Antho-
logie de la nouvelle poésie française* (Kra, 1921) et dans la
revue *Les Feuilles libres* n° 27 en juin 1922 sous le titre
Que le coq agite sa crête, avec un dessin de Pablo Picasso.

Vénus démasquée
Ce poème a été écrit en mars ou en avril 1921.

Les Fiancés de treize ans
Ce poème est une variante du poème adressé à Valentine
Hugo le 26 mars 1921, et publié dans la revue *L'Œuf dur*
n° 7 en février 1922, puis dans les recueils apocryphes
Vers libres (René Bonnel, 1925) et *Jeux innocents* (René
Bonnel, 1926).

L'Étoile de Vénus
   Ce poème a été écrit en mars ou en avril 1921.

Statue ou épouvantail
   Ce poème, écrit en mars ou en avril 1921, a été publié
dans la revue *Création* n° 2 en novembre 1921 et dans
Anthologie de la nouvelle poésie française (Kra, 1921).

Le Prisonnier des mers
   Ce poème, écrit en mars ou en avril 1921, a été adressé à
Tristan Tzara en mai 1922, et publié dans la revue *Les
Feuilles libres* n° 34 en novembre 1923, avec un dessin de
Pablo Picasso.

Un panier renversé (Histoire de France)
   Ce poème, écrit en mars ou en avril 1921, a été publié
sous le titre *Histoire de France* dans la revue *Les Écrits
nouveaux* n° 6 en juin 1921.

À une promeneuse nue
   Ce poème, écrit en mars ou en avril 1921, a été publié
dans *Anthologie de la nouvelle poésie française* (Kra, 1921).

La Guerre de Cent Ans
   Ce poème, écrit en mars ou en avril 1921, a été adressé à
Tristan Tzara en mai 1922.

L'Ange
   Ce poème a été écrit en mars ou en avril 1921.

Septentrion, dieu de l'amour
   Ce poème a été écrit en mars ou en avril 1921.

Élégie
   Ce poème, écrit en mars ou en avril 1921, a été publié
   dans *Anthologie de la nouvelle poésie française* (Kra, 1921).
   Un poème différent portant le même titre a été publié
   dans la revue *Intentions* n° 6 en juin 1922.

Poésie
   Ce poème a été écrit en décembre 1919.
   Un poème différent portant le même titre – écrit en
   décembre 1919 – figure dans le recueil manuscrit *Couleurs sans danger*.

Avec la mort tu te maries...
   Ce poème a été écrit en mars ou en avril 1921.

Fragment d'une élégie
   Ce poème est un extrait du poème *Élégie* publié dans la
   revue *Intentions* n° 6 en juin 1922.

Un cygne mort...
   Ce poème a été écrit en août 1921.

POÈMES INÉDITS

L'ENFANCE DE CUPIDON

Vénus pastourelle du feu
Mène à ta houlette, sourcier
Sans plus de tes pleurs tes aveux
Que des ronces se soucier

Son ardente ménagerie
Que ne sait adoucir Orphée.
Vénus plus bête qu'une fée
Pour ne pas l'allaiter nourrit

Son nouveau-né de sucreries.
Quant à ses flammes (moutonnière
Leur toison d'or) elle les dresse
À lui présenter en tigresse

Dans leur gueule sa bonbonnière.
Mais ce n'est tous les jours Noël
Et d'autres flammes moins frivoles
Comme mère ourse son bébé

Lèchent sans relâche les bûches
Car sont glaciales les soirées.
Vénus, maman dénaturée
Aux mers confie le moïse

Et Cupidon, l'adopte une ourse :
Parmi ses nourriciers les jours
S'écouleront comme le miel
Qu'avec lui partagent les ours

Mais lorsque devenu conscrit
Il lui faut regagner le ciel
À regret le colin-maillard
Délaissé, son mouchoir dénoue

Afin d'essuyer le chagrin
De ses amis, de sa nounou.
Le conscrit durant les cent lieues
Qui le séparent du chef-lieu

D'Olympe, marche à reculons
Pour que le temps semble moins long
Et tandis qu'il grandit, deviennent
Les ours de plus en plus petits.

Heureusement que le mouchoir
Même aux dieux cache la douleur
Malgré que celle de l'archer
Mouille le bandeau exigé.

Délaissez votre arc puéril
Cupidon, pour la carabine.
À la place des œufs du tir
Un cœur sur le jet perché

Sautille. Qu'il vole en éclats
Le tireur gagne un pot de miel
Dont se régaleront les ours
À qui vous devez bien cela.

TOMBEAU DE VÉNUS

Vénus couvant un œuf de Pâques
À la date que le ciel fixe
Tenant en son bec une lettre
L'ange méchant brise sa coque

C'est, Vénus, ton arrêt de mort

Comment faire pour se noyer
Dans ce champagne quand légère
Pis que bouchons on sait nager

De tes plus lourds bijoux chargée
Si ne refusent les galets
À leur reine un méchant service
Charge ton fils de t'attacher
À la cheville le plus lourd

Mais le dernier moment venu
Prise de peur ne vas gâcher
Tous nos souvenirs de ta vie
Par cette mort en implorant
Le secours du batelier proche
Qui se moque, car c'est Caron

En échange de ton courage
De fleurir ta mort je promets,
Avec le soin du mois de Mai
Et bien qu'en la fleur de mon âge
Par eux je fus empoisonné
Sur ta tombe de coquillages
À prier pour toi ma Vénus
J'emploierai mes vaines journées.

AU LOIN, L'OCÉAN SE TRÉMOUSSE

... Au loin, le bien-aimé, l'océan, se trémousse.

Ils arrivent par bancs, vrais poissons d'eau douce
Ces coureurs cyclistes, lampion entre les dents,
    Tel une rose, lumineux en dedans.

    L'avenue qui mène à la gloire
    Est un fleuve où l'on ne peut boire
    Aussi n'est-ce jamais en vain
    Que veillent les marchands de vin.

ONDINE, DES VAGUES SE JOUE

Ondine, des vagues se joue
L'écuyère en maillot de bain.
L'imprudent qui baise sa main
Salée, la soif lui donne envie
Bientôt de goûter à ses joues.

Vieillard ne soyez si ravi.
Des volages jointes les mains
N'implorent pas votre pardon.
Avant de plonger, l'écuyère
Tout bonnement fait sa prière
Non à Dieu, mais à Cupidon :
Il lui enseigne plus d'un tour
Pour éveiller chez nous l'amour,
Aussi maligne que la vague
Qui des bouées de sauvetage
Ne craint pas de prendre la forme
Afin de mieux noyer les hommes.

Sur la prière d'un amant
Elle se fait suffisamment
Svelte et mignonne pour passer
À travers l'anneau d'une bague,
Mais si grâce à ce tour, d'amants
Elle est pourvue suffisamment,
Aucun ne veut se fiancer !

LA REINE DES AULNES

Au beau milieu de la pelouse
En attendant un fiancé,
Les mains dans son manchon mouillé
Frileuse ondine du dimanche
Sans maillot elle fait la planche.

Si de la voir faire la planche
Se lasse nageur ton caprice,
Une mine longue d'une aune
Fait paraître nain le rosier.

Mais ondine est femme légère
Spécialement éduquée
Par Vénus, pour que des caresses
Nulle ne lui soit étrangère.

Ne crains donc pas de la choquer.

Les caprices des hommes changent.
Ondine, se prêter à tout
C'est jeu d'enfant, tout se déclenche
Avec la simple majesté
D'une reine de jeu. Atout !

Simulé-je le mariage
Avec une de ces ondines
En elle ainsi je disparais
Et plonge jusqu'au paradis.

Mais là le cas qui m'intéresse
Rend délicate une poursuite
Devant Vénus vos tribunaux.

Moins vainement que par anneau
De fiançailles est lié
À toi le nageur. Sur ton dos
Installé ce galant fardeau

Tu l'emmènes au froid royaume
Ondine joli chevalier
Ou plutôt centaure des aulnes
Si Centaure n'était un homme

Mais puisque de Lucifer l'antre
Où il tient son école est mixte
Ondine en nageant sur le ventre
Tes impostures sont sans risque

TAMBOUR

I

Vénus sur nos routes partie
Le coureur battant tout record.
De l'interminable partie
De plaisir, de ce corps à corps

Sortira-t-il, Vénus, vainqueur?
La selle de dame as de cœur
Entre vos cuisses bien caché
Je suis heureux d'être témoin

Que Vénus daigne enfin tricher
Le partenaire galamment
La transperce ailleurs qu'en sa main
Ignorante des tricheries

Chaque fois qu'elle se marie
Dame Vénus de son hymen
Se fait demoiselle d'honneur
Qu'une bourse soit une bourse

Ce n'est pas pour vous faire peur
Ô quêteuse de nos églises
Des timbres-poste est-ce la bourse
D'un noble geste de semeuse

Et non pour ce que vous croyez
Vénus relève sa chemise
(Plein de promesses ce panier)
Bureau de poste mes écrits

À sa fente les confiant
C'était Cythère ô ma patrie
Afin de lécher, chien fidèle,
Les mille images de ta reine

II

Ici dans la cour du collège
Si nous échangeons des images
Poètes de sept ans, ma Vierge,
Des tiennes nos poches bourrées

Pour un bonbon, de quels bons points,
De quels timbres-poste s'allège
Cette poche sous notre poing
Crevant comme ta vierge peau

Tambour! rassemble le troupeau
Des roses de la sixième
Le faux honneur elles déclinent
De parler en latin de soi

Paresseuse rose, Rosa
Simule un saignement de nez
Qui donc saura la décliner
Puisqu'elle-même n'ose pas?

DEMANDE-T-ON D'ÊTRE SINCÈRE...

Demande-t-on d'être sincère
À la rose? Christ, réponds-moi.
Toujours l'église est une serre
Où l'on se soucie peu des mois.

Rose et rossignol aussi saignent mieux
Mais parfois Jésus de plein air
Mieux qu'une flèche nous enseignent,
De leur doigt de fer, le chemin
Que sans révolte il faudrait prendre

Tout juste bons à mettre en croix
Les amours trop mièvres trop tendres
Pour qu'un casseur de pierre y croie:
Du soleil rond, des rondes roses,
Emplissant mes gourmandes mains

Qui comme pour fillettes n'osent
Les caresser que d'un peu loin

Murmurer le doux nom des mois,
Au soleil ne fait chaud ni froid;
Don Juan ne s'arrête pas.

Que ses rayons me crucifient,
Et me voir gémir sous son poids,
Comme une femme trop aimée
À son orgueil cela suffit.

Retenu, cruel mois de mai.
Par les basques de son habit,
Déjà, je ne sais plus qu'en faire

À mon désir te refusant,
Couché contre toi, douce terre,
Qui pour que nous buvions ton vin,
En échange exige du sang,

Pense au jour où récompensant
Mon amour, nous ne ferons qu'un;
Mais mon corps à toi mélangé
Hélas te sera sans danger.

TOAST

Pour le centenaire d'une rose trouvée
dans un dictionnaire français-latin

D'une rose centenaire
Le décevant souvenir
Embaumerait nos lectures

Cercueil de la rose que voici
De son vivant aimable putain
    Si tu prends prétexte
    De ma robe prétexte
Pour me dire en latin : « Je t'aime »
    C'est qu'à certains thèmes
Difficilement on se dérobe

    Le berger des nuits blanches
À l'abattoir du matin mène ses brebis.
    Un sol ruisselant de rubis
    Pour peu que l'y aident mes vers
    D'amour rappellera les crimes

    Encore une aurore !
Cela nous brise, nous grise
Rose cocktail, telle est la brise.

Je suis saoul fillette prodige
     Usée comme un vieux sou

     Pile ou face?

LA FÊTE DE VÉNUS

Et vous plus que l'onde légère
Cousine pourquoi ce frisson
C'est du fond des mers l'orphéon
Loué par la milliardaire
Pour distraire ses beaux noyés

Et vous ma petite cousine
Qui tant souhaitez de grandir
Vous n'avez pas de temps à perdre
Au plus tôt quittez ce concert
Sans attirer l'attention
De la maîtresse de maison

De vagues encore en bouton
Au début de cette soirée
Se fane à son sein le bouquet
Puisqu'ici tout va de ce train
Mourons plus tôt que de raison

Vénus, ne verra sa pareille
Ta fête avant bien des saisons
Car des affaires de famille
Près de l'Olympe te rappellent

DANS LE SOMMEIL
LA FIÈVRE TINTANT

Dans le sommeil la fièvre tintant
Comme la pendule sous le globe
Sommeil de cristal sommeil léger
De ma maison je suis le concierge
Et si l'horloger porteur de cierges
Vient tard rendre visite à mon maître
C'est moi je ne suis pas mort au fait
Ce signe de croix, point de repère
Pour retrouver mon rêve à l'endroit
Où l'ange gardien l'a dérangé

CARTE-LETTRE

Deux, c'est trop, pour partager un seul destin
Le nom de l'expéditeur, en italique
Il ne s'agit pas du billet clandestin
Auquel une main que je connais s'applique

Vos mille baisers sur mes mains ont déteint

BERGERIE

À Georges Auric

Marronniers, ainsi que l'yeuse
Quels arbres, ombrelles rieuses,
Ne se déploieraient pour fêter
Le retour du prodigue été !

L'un nous offre un feu d'artifice
De plumes et de fleurs : orgie
Digne de Noël, tes bougies
Roses, d'autres fêtes complices,

L'encombrant cadeau, marronnier,
Pour ne point des neuves bergères
Troubler la candeur bocagère
Tu le voudrais plutôt nier.

Mais minuit allume la fête
D'où seront exclus les parents.
Un rideau de cheveux, fillette,
Fait mon désir moins apparent.

Dissimule-toi, feu des joues,
Sous la coiffure que dénoue
D'un pâtre la timide main
Feuille encor tremblante demain

Dans tes veines, bergère, un sang
Coule, mauve, avec nonchalance,
Celle des ruisseaux innocents
Chez qui le désir ne s'élance
Que lorsqu'on le leur a permis.

Tandis qu'à ton front se pâmaient
Plusieurs roses, une parmi
Ses sœurs, proche de ton oreille,
Murmure : C'est le mois de Mai,
Qui par sa bouche te conseille :

« Comme l'eau se prête à la rive
Donne ta douce peau craintive
Que quelque rayon indiscret
De lune, affirme tes ébats »

Parce que corne d'abondance
Aujourd'hui semble son croissant
La lune à qui ne suffit pas
De souligner baisers et danses,
Nous verse les plus beaux présents :

Sous des joyaux, sous des dentelles
Ensevelissant la pelouse
Qui frissonne, esclave jalouse.

Aurore ! l'herbe défrisée
Muette atteste que la belle
Usa de tout pour apaiser
La nuit dont la pâle défaite
Est sœur des lendemains de fête.

JARDINS...

Jardins, où des grappes d'enfants
Font rompre vos branches mêlées.
– Et nos jeux auxquels l'on défend
La cachette des groseilliers.

Le sable vierge hier au soir,
Ce matin de pas est marqué.
Personne ne l'a remarqué.
... Ni la plainte des balançoires.

CHAMP-DE-MARS

Monnayer l'or des couchants !
Que les clairons militaires
Berceurs du stérile champ
Ensemencent d'autres terres

Oreille insensible aux chants
Qui s'envolent de Cythère
Je suis devenu méchant
À force de battre l'aire

Le temps est un laboureur :
Rides tracées sans charrue
Vaine d'un astre empereur

Car son Pégase qui rue
Ne pourrait voir sans horreur
Fleurir les chansons des rues

ODE À LA PARESSE

En cherchant à me convertir,
Un bon petit diable se damne,
Qu'il aille ses châteaux bâtir,
Noble déesse au bonnet d'âne,

Moins près de mes sables mouvants.
– Crois-tu donc que mon front, Paresse,
D'une couronne s'émouvant
Une rougeur sur lui paraisse?

Des livres de prix le reflet
Funeste, empourprant mon visage,
Paresse, à tes yeux me rend laid,
Toi qui recherches mes hommages.

(Mais ne restant pur aucun front,
Si rien à Dieu ne nous dénonce,
Il ne pardonne cet affront
À l'innocente pierre ponce.)

Paresse, à deux pas des parents,
Ta robe, non sans indécence,
Était ombrelle me parant
Contre les devoirs de vacances.

Souffre que dépose à tes pieds
L'amant de la saison dernière,
Cette couronne de papier
Dont tu feras ta jarretière !

PAS PLUS QUE MONTAGNES DE GLACE

Pas plus que montagnes de glace
La haine en ces lieux où tout fond
Ne saurait se faire une place.

Puits d'amour le puits peu profond
Où niche barbouillé de crème
Le mensonge, enfant trop gâté.

Troublent-ils le ciel de ce thé,
Les laiteux nuages que j'aime?
Peu dangereux sont ces orages.

Et seulement de chocolat
L'éclair n'annonce rien. Aussi
Ne ride nos fronts nul souci.

(Seule image de la vieillesse
Si dans son pot le lait se plisse)
Mais votre cœur sous mon regard,

Comme sous celui du soleil
Une glace aux fraises s'effondre,
Votre cœur est en train de fondre.

VEILLÉE D'ARMES

Si la séance est terminée
Enfance hypocrite, debout!
Faite d'or, de carton, pareille
Au théâtre de tes noëls.

Car si c'est bien lui, mon enfance
De tes boucles, tes jouets, l'âtre
Acceptera le sacrifice
Guignol est une rude école

Contre le bois du banc s'écrase
Mon oreille, guettant l'aurore
Où sur un moins naïf théâtre
Vénus lèvera sa chemise

LE HAMAC

Au fond du ciel, non de la mer,
Prise aux filets que tu tendis,
Si, pour des raisons qui m'échappent,
Tu m'en veux, ondine de l'air,
De t'offrir nue au paradis,
Ne vas emprunter une écharpe
À cet azur d'avril en herbe.

Poissons! du printemps messagers
Comme jadis les hirondelles

Tes pieds méprisants pour mes gerbes
Où se cache un cœur sans danger,
Gracieuse, bercent le ciel

Car le sommeil au fond du lac
S'agite comme en un hamac.

ÉVENTAIL L'ARROSOIR FANÉ

Éventail l'arrosoir fané
Comme un cœur se vide de larmes
L'arrosoir a perdu ses plumes

N'aie pitié ni de toi jardin
Ni de l'enfance aux yeux fermés
Après tout tant mieux s'il étouffe
Sous sa cachette d'herbe sèche
Le dieu chasseur de papillons

Mais plutôt regrettons ensemble
L'été de ce jeune éventail
Chatouillant le bouton de rose
Qui demande à mon petit doigt
De hâter son explosion

Filet de la communiante
Un papillon sous la voilette
Qui servira de moustiquaire
Pendant son voyage de noces

Après s'être bien amusée
La rose rentre en son cocon
Et tout est à recommencer

QUI MONTE À L'ÉCHELLE DE CORDE ?

Qui monte à l'échelle de corde ?
Il a l'âge de Roméo.
Avec l'été comme il s'accorde
Sans avoir à lui parler haut !

QUAND JE SUIS AU BORD DE LA MER

Quand je suis au bord de la mer
Afin de rester toujours jeune
Comme Aphrodite je déjeune
De soleil et de lune dîne

Je me sens devenir ondine
Qui joyeuse où l'onde est amère
Ne souhaite pour son sommeil
Pas d'autre oreiller que les vagues

Si sur le sable le soleil
Luit, comme perdue une barque
Plus n'ai besoin de vos attraits
Votre éponge ni votre craie,

Vénus, pour dormir éveillée
Aux âmes de larmes mouillées

RHÉNANE

Nous à qui ne suffisaient pas nos deux mains
Pour presser vos grappes collines du Rhin
Comme d'un sein vierge on espère le lait
    Aujourd'hui que nous n'avons plus soif
       Une fée anonyme
Exauce le plus éphémère de nos souhaits
       Elle nous change en ponts
Ivres du vin gris qui coule sous leurs arches

      Quand les nymphes du Rhin
      Sous nos arches nichées
    Au premier venu font les yeux doux
Lente promeneuse venue on sait d'où
Onde trop douce apaise donc tes sanglots
Il n'est que le premier venu après tout
Celui-là qui s'il répond à leur clin d'œil
      Peut de la vie faire son deuil

CALLIPYGE

Est-ce la rose bien en chair
Rose mécontente de moi
Trop respectueux à son gré
Pourtant puisqu'en ce mois sans r
Les coquillages se reposent
À ton tour l'amour fatigant
Rose qui me vas comme un gant

La rose est par plus d'un côté
Marine, ne serait-ce, amis
Que parce qu'au cœur de l'été
Heureux chez elle je frétille

Ma romance une fois chantée
Rose tu redeviens la joue
Que baise devant ta famille
Dont artistement tu te joues,
Un peu bête, le fiancé

L'IMPUBÈRE

Ô vieille fillette prodige
Ne crains-tu l'amoureux grisou
Le métier de mineure exige
Que soigneusement l'on s'épile

Usée elle comme un vieux sou
Que pour porter bonheur l'on troue
Pour distinguer face de pile
Il convient de n'être pas saoul

EXAMEN

N'allez naïve repousser
L'agréable supercherie
Sans nul aléa, vous parant
De tout échec, qui vos parents

Attristerait, fille chérie,
Ô candidate aux yeux baissés
Sur la perche qu'ose vous tendre
Cet examinateur trop tendre

COMBAT NAVAL

N'ayant de l'amour en navire
L'habitude, si tu chavires
Prends garde ta robe est perdue

Rameuse plutôt mets-toi nue
Et laisse le marin te tendre
La perche, il y va de ta vie

L'effet ne se fait pas attendre
Et tandis que ton sauvetage
S'opère, à cette rose en cage

Toi-même redonnes la vie.
Que tu gardes en souvenir
De ton sauveteur son pompon

Je ne saurais te le défendre
Mais bien vite ôte-le de là
Rien ne vexe plus les pompons

Que d'être pris pour une rose
Et toi pour paraître moins nue
Tu en fleuris ta boutonnière !

Mais de cet amoureux combat
Où les vaincus sont les vainqueurs
Exige la règle du jeu

Que les ennemis visent bas
Tu peux donc de ton canotier
En vain te faire un bouclier

Si se baisse en plus, pont-levis,
Du marin la culotte à pont
On se croit en plein Moyen Âge.

ATTRAPE-NIGAUD

Pour qui me prenez-vous, Cassandre
Et comment pourrai-je vous prendre
Si, pour, d'une mine défaite
N'assister point à sa défaite
L'héroïne tourne le dos?

Mais ne sollicite l'hymen
Si, mon appareil à la main
Qui n'attrape que les nigauds
Prévoit votre consentement

Doux, le soleil après la pluie
Souriez, c'est le bon moment
Pour prendre des photographies

INVENTION DU PARATONNERRE

Dès qu'on la bat, sans trop attendre
De la foudre se fait câlin
L'amour. Sois assuré Franklin
Qu'elle reviendra dans ta chambre

Mais vite habitués les nerfs
De cette folle, à ton fouet
Pour elle achète le jouet
Nommé pal ou paratonnerre

COMME BOULE DE BILBOQUET

Comme boule de bilboquet
Que seul respecte le novice
Callipyge, tu te moquais
Des inhabiles dans le vice

À UNE BELLE CONTREBANDIÈRE

Sache que ne sont maris lents
Les douaniers qui te maltraitent
En un clin d'œil, du maryland,
Découvrant la blonde retraite

MOI, JE NE SUIS JAMAIS DE TROP

Moi, je ne suis jamais de trop
Murmure, rose, au verre d'eau
Un pétale faisant la planche.

Il est des jours où une larme
Suffit pour que le lac déborde
Et pourtant, ma dernière larme,
Tu n'étais pas plus que les autres
Responsable de l'incendie

Narcisse se donna la mort
Parce qu'au ciel on garde l'âge
Que l'on avait en arrivant
Mais le suicide est tricherie
Qui met en colère le ciel

Il faut donc trouver autre chose
Âmes oursin de poésie
D'abord tu me piquas les doigts
Rose bien fournie en épines
Te buvant la première fois
De Narcisse devant l'amour
Ô muse, j'empruntai la moue.

Maintenant c'est tout ce que j'aime
Pose ma tête sur ton sein,
Ailleurs, sans danger je le puis
La rose même est sans épines
Et dans ton sel que se disputent
Hommes et sujets de Neptune

Poésie ô bergère en barque
Trop fragile pour le tournoi
Jeanne d'Arc (celle qui se noie)
De l'amour retrouve le goût

L'AMANT DES STATUES

Mi-zèbre, mi-femme, centaure,
Ô baigneuse au rebelle torse,
Que la rame au hasard découvre,
Puisque tu ne peux pas aimer,
Marbre surgi bouillant des mers
Sache au moins, devançant le Louvre,
La docilité des statues.

Depuis que Zéphyr t'a battue
Rose, tu l'aimes davantage.
Onde, amour, à tous les étages :
Seul manque le fouet de Xerxès
Que de leurs écumes d'amour
Baigneuse et mer remerciaient.

Ainsi, pour vibrer, le tambour
Attend d'être roué de coups,
Et, se faisant prier, le cygne
Si nous voulons l'entendre exige
Qu'au moins on lui coupe le cou.

Sachez encor ce qui la tue :
Elle meurt comme toi, statue,
De ne connaître des vivants
Que leurs hommages décevants,
Et que des seuls feux du dehors
Puisse être illuminé son corps.

Accrochez des lampions aux arbres,
De leur fard colorant le marbre ;
Devant ce pourpre et faux émoi,
L'amant pâlit, verdit de joie.

Des roses à toutes les bouches,
Et des lampions à nos fenêtres,
Sur le port des soldats débouchent,
C'est à ne plus s'y reconnaître.
Ne pavoisons pas : car mon cœur

Saura prodiguer la lumière
Dont je souhaitais tout à l'heure
Que vous l'arborassiez première !

AU ROSSIGNOL...

Au rossignol pour bien chanter
Ne suffisent l'amour, l'été ;
Il faut encore que le blessent
Les épines du mois de mai.

Ainsi les poètes chérissent
Plus qu'amour d'être mal aimés,
Et parfois s'ils n'y réussissent
De leurs propres flèches se blessent.

Si de ses rayons se hérisse
Le soleil, c'est pour mieux saigner.
Et pourquoi te plaindrais-je, Christ
Toi pour qui le ciel tous les jours
Exige en signe de grand deuil
D'Aurore et du Couchant, qu'ils saignent

PUISSE UN CAILLOU SENSIBLE...

Puisse un caillou sensible aux larmes du torrent
Te dire la raison pourquoi tous les cœurs s'usent,
Toi, Paon, qui de ta roue une plume, ô ma Muse,
T'arrachas pour la mettre à la main d'un mourant.

Des anges en plein vol, leur robe paraît blanche,
Comme arc-en-ciel qui tourne interminablement.
Mise en marche, au hasard, funèbre loterie,
Le joueur gagnerait montres d'or, châtiments.

À plat ventre surpris parmi ses sœurs les vaches,
Alors, bête à bon dieu, l'ange de la prairie,
Qui de trèfles à quatre feuilles se nourrit,
L'ange, comme arc-en-ciel au repos, m'éblouit.

Viens-je cueillir le myosotis de l'oubli,
Vaches, quand dans votre œil je me mire. Narcisse,
Poète quelquefois se noie en l'encrier.
Anges, par vos cheveux, jusqu'au ciel, je me hisse.

... Mais n'allez pas, mes paons, sur les toits le crier.

POUR TOUT DOUCEMENT SE GRISER

Pour tout doucement se griser
Nous ne connaissons rien de tel
Que sur nos lèvres le baiser
De l'aurore, rose cocktail.

Notes

Recueil manuscrit non daté, composé par l'auteur.

L'Enfance de Cupidon

Tombeau de Vénus
Un poème différent – écrit en mai 1920 – portant le même titre sera publié dans les recueils *Les Joues en feu* (François Bernouard, 1920, et Bernard Grasset, 1925).

Autre fragment de l'élégie
Ce poème est un extrait du poème *Élégie* publié dans la revue *Intentions* n° 6 en juin 1922.

Au loin, l'océan se trémousse
Ce poème sera publié sous le titre *Déplacements et Villégiatures* dans le recueil apocryphe *Jeux innocents* (René Bonnel, 1926).

Ondine, des vagues se joue
Ce poème sera adressé à Valentine Hugo le 14 mars 1921.

La Reine des Aulnes

Tambour

Demande-t-on d'être sincère...

Toast

La Fête de Vénus

Drôle de dénicheur de nids
　　Poème non retrouvé.

Dans le sommeil la fièvre tintant

Carte-lettre
　　La préface du recueil *Devoirs de vacances* (La Sirène,
　　1921) sera adressée à Jean Cocteau et à André Breton
　　sous ce même titre.

Bergerie
　　Ce poème sera publié dans la revue *Action* datée mars-
　　avril 1922.
　　Une variante de ce poème sera publiée dans le recueil
　　apocryphe *Jeux innocents* (René Bonnel, 1926).

Jardins...

Champ-de-Mars
　　Ce poème, écrit en novembre 1919, sera publié dans la
　　revue *Action* n° 5 en octobre 1920, puis dans le recueil
　　apocryphe *Jeux innocents* (René Bonnel, 1926).

Ode à la paresse
　　Ce poème sera publié dans la revue *Catalogue* n° 4 le
　　30 juin 1922.

Pas plus que montagnes de glace
   Ce poème sera adressé à Marcel Raval.

Veillée d'armes

Le Hamac
   Ce poème sera publié dans *La Nouvelle Revue française*
   en mars 1921, puis dans le recueil apocryphe *Jeux inno-*
   cents (René Bonnel, 1926).

Éventail l'arrosoir fané

Qui monte à l'échelle de corde?

Quand je suis au bord de la mer

Rhénane

Callipyge

L'Impubère
   La seconde strophe de ce poème sera publiée dans l'hebdomadaire *Les Nouvelles littéraires* n° 100 le 13 septembre
   1924; elle constituera la première strophe du poème
   publié sous le titre *Usée* dans le recueil apocryphe *Vers*
   libres (René Bonnel, 1925).

Examen

Combat naval

Attrape-nigaud

Invention du paratonnerre

Comme boule de bilboquet

À une belle contrebandière

Moi, je ne suis jamais de trop

L'Amant des statues

Au rossignol...

Puisse un caillou sensible...

Debout rose, et sèche tes seins
    Poème non retrouvé.

Le Viol d'Aglaé
    Poème non retrouvé.

Pour tout doucement se griser

POÈMES DIVERS

un édredon rouge à la fenêtre
des fleurs dans l'entrejambe du ca-
leçon   ce jardin tiède dans la giroflée
parfum de linge tiède séché
le marronnier chante
serait-ce   ces bougies roses irrégulièrement plantées
ou bien   un   oiseau

su la co d le li g d n e
  r   re   ne a s

  e i   a ch e q m
ch m se m n ott ui e

       t d l s br
       en e as

Poème publié dans la revue *Sic* n° 30 en juin 1918, sous la
signature Raimon Rajky.

AIGUILLE DES SECONDES

Je suis là depuis toujours
jusque, jusques ? morne mouille
ironique mathématiquement pulsations
chaudes heurtant le bracelet
le fil télégraphique qui tremble
devant
tristesse ramifiée   dans
les cartes les indicateurs ne le disent pas
l'œil voudrait mordre le carreau
cursif il a écrasé tes pensées multi
formes en passant
partout il y a des tramways
il y en a un qui se baigne dans
la Seine
À côté de celui mesuré par 2 rails
il y en a un aplati sur les pavés
que les gens piétinent
dans les livres il n'y a que de la poussière

Poème adressé à Jacques Perez y Jorba en janvier 1918 et publié dans la revue *L'Instant* n° 3 en septembre 1918, sous la signature Raimon Rajky.

demains perchés sur un rayon
noires et croches jetées dans la
tête
par le trou que ton cigare a fait au journal
tu vois le ciel

Ligne d'horizon

Morceaux de tête

Dans le rocking-chair

Murs

L'éphéméride est déjà à après-demain

Un camion automobile écrase nos ombres

S.V.P.

On se bouscule aux portes du ciel ou des Grands
[magasins

Les paroles se cognent

Articles pour voyage mais

Il y a plus de monde au rayon des ustensiles de
[cuisine

l'é-

Charpe des maires

Au bout des rails

La   mer

Poème publié dans la revue *Sic* n° 33 en novembre 1918.

Autour de moi il y a un froid serpent je
L'
Allume devient un radiateur qui me réchauffe
         Waterloo page 162
Mes yeux tombent dans le bassin circulaire les
Poissons les mangent
           Souvenir s'enroulant
     Chaud boa
Multiple senteur accrochée au balcon
les fleurs montentmontent
Jusqu'
Au toit courent vers les étoiles les avions

Poème adressé à Jacques Perez y Jorba en 1918.

CMFH

un train passe au bas de l'escalier
le disque se retourne et des visages
muets
quai bondé de cris
les sémaphores sont des bras
rythmes d'adieu
sur ton cœur parallèlement coller des affiches
31 DÉCEMBRE
Les cordes du banjo sont nos nerfs
sifflez comme des serpents des frissons grimpent le long
des jambes des femmes
– 1 œil   3 yeux
parfums chants fumées dansent en ovale en rectangle
autour d'une tête
il n'y a que celle-là
pensées tournent toujours plus vite
son cœur
dans la salle où vous buviez
la lampe
plus personne
éteindre

Poème adressé à Tristan Tzara le 12 janvier 1919.

CADRAN SANS AIGUILLES

Les heures nous regardaient
Ascenseurs s'envolent de leurs cages lourds de prières
                    Complet
Sur le paillasson restent les dernières
                    Des fenêtres s'éveillent les étoiles
                    ont sommeil
                    Partie de l'autre côte des Océans
                    L'aube arrive dans ma chambre
Un placard
Il y fait nuit même pendant le jour
Les journées de la semaine prochaine attendent

Poème publié dans la revue *Sic* n°s 40 et 41, datée 28 février
et 15 mars 1919.

POÈME À PLUSIEURS VOIX
(FRAGMENT DE TOHU)

Pardon monsieur
le monsieur c'est une dame
tous ces gens réunis sur la plus grande place pleurent-
ils
ah que je suis malheureux je n'ai qu'une bouche ne
peux en baiser qu'une à la fois
je suis aveugle pourquoi n'ai-je pas deux yeux comme
[mon père
j'ai deux yeux ils ne me servent qu'à pleurer
je n'ai que deux yeux si j'en avais quatre peut-être ver-
[rais-je mieux
être borgne je pleurerais deux fois moins
la lumière ne parcourt que trois cent mille kilomètres à
[la seconde
quand elle arrivera dans ce pays je serai mort
[depuis longtemps
hélas
je ne verrai pas clair la lumière sera pour mes
[enfants
peut-être si je tue ma sœur j'aurai sa tranche de soleil
s   s   s   JA   RRIVE
ph ph brusque éclairage de phare puissant

ô ma femme si laide je la croyais belle elle s'est sauvée
                                        [en me voyant
vite des canons
que la lumière fait mal aux yeux
au se
secours il vient nous assassiner avec cela qu'il veut nous
                                        [faire croire
        être de la lumière que vient-il faire ici il faut le tuer,
                                        [il n'est pas
            de notre pays ;

Poème adressé à Tristan Tzara le 12 janvier 1919. Il sera
publié dans la revue *Dada* n°s 4-5 en juin 1919, avec une illus-
tration de Wassili Kandinsky, *La Tache rouge*.

ADIEU

Amiral, ne crois pas déchoir
En agitant ton vieux mouchoir.
C'est la coutume de chasser
Ainsi les mouches du passé.

Quatrain écrit en novembre 1920. Il sera publié sous le titre *Mouchoir* dans le recueil *Les Joues en feu* (Bernard Grasset, 1925), comme strophe du poème *Lettres d'un alphabet*.

Erik Satie a composé une mélodie sur ce quatrain en 1920, publiée dans *Quatre Petites Mélodies* (La Sirène, 1922).

Je ne me souviens plus du nom
Que portait dans l'antiquité
Le charmant dieu de l'amitié.
Ce n'est pourtant pas Cupidon...

Celui-ci, le petit bandit
M'a volé mes plus belles rimes.
Seul, au pied du mont Paradis
Quel nom murmurer, Valentine?

Poème écrit le 2 mars 1921 et adressé à Valentine Hugo.

SAULE PLEUREUR

Il perd ses plumes perd ses larmes

Comme un cœur se vide de larmes
L'arrosoir a perdu ses plumes

Éventail au soleil fané
Loterie des mois des années
Dans l'allée le sable s'enroue
Où mon chagrin fera la roue

Jardin faut-il que tu t'en ailles
Et l'été de cet éventail
Secondé par mon petit doigt
Qui chatouille un bouton de rose
Effronté sans pourtant qu'il ose
Trop presser son éclosion

Après s'être bien amusée
La rose rentre en son cocon
La rose revêt sa chemise
Et tout est à recommencer

Et les outils dans la remise
Ensemble-jardin se lamentent
L'arrosoir voudrait sur l'amante
Verser des larmes mais la bêche
N'a pas retrouvé cette espiègle
Qui se cache sous l'herbe sèche

Poème adressé à Valentine Hugo le 14 mars 1921.

LES FIANCÉS DE TREIZE ANS

Avec la pointe du canif
(Il ouvre non moins aisément
La coquille chère aux amants,
Qu'un nom s'imprime en l'arbrisseau,

Ou l'amour dans les cœurs naïfs)
Avec la pointe du canif
Aiderons-nous Vénus à naître?
L'oursin du désir se hérisse.

À quoi servira ce trousseau,
De Vénus naïve nourrice?
Débordante, écume, de lait
Par toi comme plages ourlé:

Nulle robe ne peut soumettre
Celle qui, puérile nue,
Dans un coquillage vécut
En attendant le jour de naître.

Rendez-vous au prochain été.
Patience! la mer nous attend...
Au bout de cette année scolaire
Les replis de sa vaste ombrelle

Sauront nos amours abriter
De la maternelle colère.
Mais toi tu nous comprends, Vénus,
Chère folle, toi qui déjeunes

De soleil, et de lune dînes.
Mis à l'école des ondines
On nous apprend à rester jeunes,
À nous qui voudrions vieillir !

À la dînette de la vie
À peine mis notre couvert,
Peureuse d'être découverts
Par la nourrice de son frère

(De sa mère le préféré :
Dernier venu c'est le premier,
Aussi bien tu le sais, Vénus)
Comme oursin peureux se hérisse

La naïve à qui l'on défend
De mettre un pantalon ouvert.

– Tu vas me trouver bien enfant,
Ondine, si je te demande

De me prêter un des canifs
Qui semblent furtives sardines
Ouvrant le fruit des mers gourmandes,
En échange de ton canif

D'argent, ondine, je dédie
À tes sœurs et à toi l'écorce
Dont je ne sus venir à bout,
Assis, couché, ou bien debout,
Trahi par mes naïves forces.

Pourpre ciel entrouvert! Grenade.

Un bon conseil puisque tu daignes
Aphrodite me faire faire
Le grand tour du propriétaire.
Vénus parmi les promenades

En tricycle dans tes domaines.
Que la mer Rouge ne te teigne,
La douleur en une grenade
Changeant la naïve châtaigne.

Poème adressé à Valentine Hugo le 26 mars 1921. Il sera
publié dans la revue *L'Œuf dur* n° 7 en février 1922, puis dans
les recueils apocryphes *Vers libres* (René Bonnel, 1925) et *Jeux
innocents* (René Bonnel, 1926).

Une variante de ce poème sera publiée dans le recueil *Les
Joues en feu* (Bernard Grasset, 1925).

ÉLÉGIE

Ciel ! plane au-dessus des saisons.

De notre posthume maison,
Ardoises que souille la neige,
Vous dites assez si les anges
Ont fait leur nid près de ce toit.

Je n'y veux, ange au cœur de neige,
Nulle autre vestale que toi.

Orgues, figues, de Barbarie.

Ève sans nourrice allaitée.

Le nom de Jeanne ou de Marie.

Cimes de vertige, se rient
Des pourpres ardeurs de l'été
Vos durables virginités.

La peur de mourir, mon beau cygne,
À ton chant ôte sa beauté.

En feignant de cacher sa tête,
L'ange, avec son bras la souligne.

Au sein de l'amazone, tête
Ce même lait de paradis,
Qui donna la force jadis
De dire sans regret adieu
Au serpent vert, aux vertes pommes.

Prenant pour les éclairs de Dieu
La fausse lumière des hommes,
Comment pourrait se méfier
L'ange, de notre magnésium?
Le voilà photographié.

Et ce tapis. Faites vos jeux.
Sont-ce, ici, de Saint-Jean les feux?
Chacun prépare sa maison,
Mais le vert salon des forêts,
Suède, gagnera la palme:
Tel excès de beauté mérite
Que le couronne un incendie.
D'ailleurs quelqu'un manque à ce bal.
C'était l'aurore, elle paraît.

Aurore, te pardonnerai-je
De ne pas m'inspirer d'amour?
J'ai beau penser au proche jour
Où tu seras la mort illustre,
Ta beauté pâlit sous le lustre
Du pin aux écailleuses pommes,
Qu'à tort je compare aux poissons,

Simplement parce que les feuilles
Tremblent comme cette maison
Qui rivière ou fleuve se nomme.

Je te présenterai ma veuve.
Demander comment on l'appelle !
Fille indiscrète, c'est la vie ;
Et puisque nos neiges t'étonnent,
Que penserons-nous du pays
De fraise et framboise éternelles,
Où la femme ignore l'automne ?

Désirant échapper aux hommes
Des Jeanne d'Arc ignifugées
Dans le feu sont réfugiées.
Aurore, et toi, soleil couchant.
Si votre rougeur ne désigne
Le coupable, au moins un remords
Le consume à feu lent. Beau cygne,
Pour entendre ton premier chant
Faut-il faciliter ta mort ?

Poème publié dans la revue *Intentions* n° 6 en juin 1922.
La première partie de ce poème (jusqu'au vers « Le voilà photographié. ») sera publiée sous le titre *Fragment d'une élégie* dans le recueil *Les Joues en feu* (Bernard Grasset, 1925).
La deuxième partie de ce poème (à partir du vers « Et ce tapis. Faites vos jeux. ») figure dans le recueil manuscrit *Poèmes inédits* sous le titre *Autre fragment de l'élégie*.

ALLER ET RETOUR

Éros inscrit dans le rectangle de broderie
Le carquois cache d'autres attributs
                                        Plus
Que balles de browning
Corps troué de tristesses
        Mais 4 murs entourent la pièce

                                        Le soleil
A mangé les morceaux de tête qui pleuraient
                                        dans
le rocking-chair
            Les tristesses
            Sont entrées dans le secrétaire
            Qu'en chantant
Tu as fermé à clef.

CARNAVAL

Les hommes s'étaient déguisés en
soldats. Personne ne sait ce
qui s'est passé.
Une à une les ombres entrent
dans la pièce. Rien à leur offrir
Alors faut-il les tuer?
Si tu voyais le mur quand il
est tout nu tu aurais peur

HISTOIRE SANS PAROLES

L'explorateur

La brise arrache une à une les algues perfides que les poissons voyaient d'un si mauvais œil. Elles vous seront un doux matelas, à toi et ton fiancé, dont les doigts ornés de bagues ressemblent à des cigares.

La négrillonne

Hélas ! je suis pauvre, moi ! Et si je voulais savoir pourquoi je pleure, il me faudrait baigner mes regards dans la mer comme la première venue.

DÉTOURNEMENT DE MINEURE

Bergère perdue ; et la houlette ?

De celle à qui nous contons fleurette
un pommier poudre la chevelure :

« Afin que ta chute fût moins dure
j'imaginai ce tapis de neige ;
amoureux, nous voici pris au piège »

Des perles comme s'il en pleuvait
Aurore en larmes, enfant trouvée.

LAURIER-ROSE

À l'heure où le soleil badine
Avec nos deux cœurs attiédis
Il est couleur de grenadine
Le livre cher à vos jeudis

Le sortilège dissipé
De mes leçons buissonnières
Je vous mène au Bois, en coupé.

De l'arbrisseau que vous coupez
La fleur, cruelle jardinière,
Ensanglante ma boutonnière

NOCTURNE

On a tout dit du rossignol et de la rose,
Toujours, toujours la même chose,
On a tout dit du rossignol,
De son chant pur qui prend son vol
Et qui se pose
Tombant du ciel
Après le plus long de ses trilles
Sur le cep mûr et sur sa grappe et sur sa vrille
Couleur de miel,
Tombant du ciel
Après sa plus longue roulade
Dans le jardin d'une malade,
En imitant le chant des plaintives colombes
Qui se lamentent sur les tombes
Près de l'étang.

SUR LA MORT D'UNE ROSE

Cette rose qui meurt dans un vase d'argile
Attriste mon regard,
Elle paraît souffrir et son fardeau fragile
Sera bientôt épars.

Les pétales tombés dessinent sur la table
Une couronne d'or,
Et pourtant un parfum subtil et palpable
Vient me troubler encor.

J'admire avec ferveur tous les êtres qui donnent
Ce qu'ils ont de plus beau
Et qui, devant la Mort s'inclinent et pardonnent
Aux auteurs de leurs maux,

Et c'est pourquoi penché sur cette rose molle
Qui se fane pour moi,
J'embrasse doucement l'odorante corolle
Une dernière fois.

LES BANDITS EN YOU-YOU

Rentre seule à son domicile
Sans crainte qu'on la dévalise
L'autruche portant sa fortune
Sur son dos. La mer a bon dos

Pour le mari dont on s'étonne
Qu'elle n'ait poussé l'impudence
Jusqu'à accrocher à ses cornes
Sa robe, pendant qu'elle danse

Sur la mer, ce riche cadeau
Plumes dont se pare Vénus
Est soi-disant vagues frisées
Que n'importe qui peut cueillir

Moins crédules sont les bandits
Qui lui proposent en you-you
Une partie à trois personnes,
(À cause de ses plumes l'autruche

Est altesse à laquelle on parle
À la troisième personne)
Mais au fond de l'eau minuit sonne
Voici l'heure et le lieu du crime

Ils déshabillent de leurs plumes
Les plus hautes cimes de l'eau
Et Vénus de si haut jetée
Trouve que mieux vaut canoter

Seule ou à deux. Surtout qu'ondines
Ne surprennent en campagne
De sa nudité leur maîtresse
Aux mains prodigues de caresses

Puisqu'il ne reste d'autres plumes
Que les vagues, et que, des vignes
La feuille ne lui sied, Vénus
Se laisse chatouiller par elles

Moins naïfs sont les deux bandits
Qui lui proposent en you-you
Excursion au paradis
(À cause de ses plumes l'autruche
Est altesse à laquelle on parle
À la troisième personne)
Gare

L'axe du ciel s'est sauvé
                                        Noir
Plus de rues de boulevards
            Cherchons
        « Monsieur, pardon » le monsieur c'est une dame
        Cherchons
        Ombre
        Dénombre
        les millions de petits regards aux noms
        différents
        mais ne nous éclairent pas

Les paroles se cognent

Mai de moins de roses, l'automne
De moins de pourpre se couronne,
Moins d'épis flottent en moissons,
Que sur mes lèvres, sur ma lyre,
Fanny, tes regards, ton sourire,
Ne font éclore de chansons.

Le balancement du rocking-chair
Nous convie aux plaisirs de la chair

VERS LIBRES

CHAT PERCHÉ

Au ciel des plages, Virginie,
Ombres d'où je t'ai vue sortir,
Le zéphyr, la brise d'été
Apportaient l'odeur de peau nue
Que fleurait ta virginité.

Hymen, par Paul jamais troué
(Ce sont les tickets de l'amour
Comme d'autres, pour le métro)
J'enfonçais ma dague rougie

Dans un rêve où tu figurais
Entre une ruche d'écolières
Aux cheveux en nattes tressés.
La châtaine ainsi que la brune

Non contentes d'une bougie
Cherchaient à prendre en leurs filets
Un lycéen couleur de lune
Qui enseignerait à chacune

L'art d'agacer le chat perché
Dans la niche où il s'est caché.

CHAMPIGNY

Champigny, grâces canotières –
L'amour taquinant le goujon
Dissimulait entre les joncs
Quelques cœurs et une chaumière.

La chaumière où je t'ai connue
Marie que je n'aimais que nue,
C'était aussi à Champigny
Les parapluies en champignons
Poussaient d'un coup sur l'avenue.

Mais moi, pensant à la cueillette,
Je plantais dans ton sexe herbu
Un cèpe sur lequel tu bus
La rosée de l'aube défaite.

Orages du cœur, dont vainqueur
Il conviendrait que je sortisse
Vos échos en moi retentissent
Lorsque nous sommes cœur à cœur.

USÉE

Usée elle comme un vieux sou
Que pour porter bonheur l'on troue
Pour distinguer face de pile
Il convient de n'être pas saoul

Pile, fesses endolories
Par le dur pilon des amants
Face, avers d'un envers charmant
Qui semble buisson ou prairie,

Ce sont par l'amour arrosés
Les seuls domaines où la pine
Puisse s'amuser à pampine
Les décrets hélas! de Vénus

N'ayant rien d'autre autorisé.

SAISON

Bilboquet dont je suis la tige
Sur laquelle est tombé ton corps,
Je comprends bien qu'un jeu pareil
Puisse te donner le vertige !

Aussi afin de satisfaire
Les désirs que loges en toi –
L'amour ne les veut qu'à l'étroit –
Rends-moi mignonne la pareille

C'est à ma tige alors de faire
Les doux mouvements de recul
Capables d'émouvoir ton cul
Mais non ta coquille d'amour

Puisque le sang rosit encor
L'entrecuisse où tu me préfères.

LE PETIT JOURNAL

I

Hortense et Marguerite, vos cahiers d'écolières
Tachés d'encre qu'ils sont disent trop vos soucis
Au lieu d'écrire à Paul et de regarder Pierre
Il vaut mieux d'effacer les pâtés que voici.

II

Un rai de soleil entrait par les jalousies.
Hortense pressait Marguerite contre son sein ;
Le journal raconte l'histoire d'un assassin
Qui violait les fillettes aux joues cramoisies.

Le gazon taché d'un sperme inefficace
De l'odieux bandit dénonce les exploits ;
Hortense et Marguerite sont aux abois
Devant le satyre, à la sortie de la classe.

III

Les deux enfants reposent exsangues, défaites
Sous les plis de la cotonnade des rideaux,
Croque-morts, ménagez votre précieux fardeau !
Amour, Amour, voilà bien de tes conquêtes !

ÉBAUCHES

En jupe-culottes
Un soir à Joinville
Vénus la salope
M'a sucé la bite

Son joli chignon
En papier doré
Me faisait bander
Comme un cuirassier

Puis nous nous branlâmes
Le con et la trique
Attendant un tram
Pour la République

II CINÉMATOGRAPHE

Pour les bons élèves seulement. Les cancres copieront
vingt fois Larive et Fleury; à la même minute le général Dourakine fesse une fillette insupportable. Le
général est congestionné; tout à coup sa culotte
crève, l'écran se brouille et l'on découvre la petite
fille en train de s'essuyer où l'on pense, derrière une
haie de fusains.

Notes

Recueil apocryphe, publié « sous le manteau » – avec, en lieu et place du nom de l'éditeur, la mention *Champigny, Au Panier Fleuri* – par René Bonnel en juin 1925, avec des illustrations de Feodor Rojankowsky et une note de l'éditeur.

Note de René Bonnel

    « Les vers qui suivent ont été écrits par Raymond Radiguet entre 1919 et 1921, c'est-à-dire entre seize et dix-huit ans. *Les Fiancés de treize ans* est le seul de ces poèmes qui ait paru ; il a été publié en 1922 dans une revue. M. Maurice Martin du Gard a cité dans un article sur Radiguet, publié aux *Nouvelles littéraires*, le quatrain qui commence ainsi :
                Usée elle comme un vieux sou
    Nous donnons le texte de ces quelques pièces, tel qu'il figure sur les papiers laissés par Radiguet. Cette précision n'est peut-être pas inutile : pourrait-on assurer que *Le Bal du comte d'Orgel* n'a pas été revu et corrigé par des gens obligeants, auxquels Radiguet n'avait sans doute pas demandé qu'ils lui fissent la toilette des morts ? »

Maurice Radiguet, père de l'auteur, et l'éditeur Bernard Grasset, contestant l'authenticité de cette publication, déposèrent plainte contre X.
Jean Cocteau, pour sa part, adressa, aux journaux *L'Intransigeant*, *Le Tutrau* et *La Volonté* une lettre de protestation qu'ils publièrent le 21 juillet 1925.

« On me montre, publié en cachette sous le nom de Radiguet, un livre de poèmes érotiques (firme : *Au panier fleuri. Champigny* ; sans doute Champigny à cause du *Diable au corps*). Sauf un poème emprunté aux *Joues en feu, Les Fiancés de treize ans,* et une strophe inédite publiée jadis dans *Les Nouvelles littéraires* (cette strophe était la seconde d'une pièce, *Impubère,* que je possède et devient la première de la pièce apocryphe), tous les vers de ce recueil sont des faux.

Monsieur Radiguet père et la maison Grasset se chargeront du préjudice légal, mais je tenais à prévenir les personnes qui peuvent se laisser prendre à des pastiches ridicules. Si le mystificateur a pour but d'entraîner une controverse, elle ne saurait avoir lieu, puisque tous les manuscrits, publiés et inédits de Raymond Radiguet se trouvent entre mes mains.

Vôtre,

Jean Cocteau

P.S. – Les pastiches, piqués de noms propres et de syntaxes pris dans l'œuvre de Radiguet, sont beaucoup plus du genre Toulet ou Pellerin.

Peut-être la bonne foi de l'éditeur anonyme a-t-elle été surprise. »

Chat perché

Champigny

Usée

La première strophe de ce poème est la seconde strophe du poème *L'Impubère,* figurant dans le recueil manuscrit

Poèmes inédits ; elle a été publiée dans l'hebdomadaire *Les Nouvelles littéraires* n° 100 le 13 septembre 1924.

Saison

Les Fiancés de treize ans

Ce poème a été adressé à Valentine Hugo le 26 mars 1921, et publié dans la revue *L'Œuf dur* n° 7 en février 1922 ; il sera publié dans le recueil apocryphe *Jeux innocents* (René Bonnel, 1926).

Une variante de ce poème sera publiée dans le recueil *Les Joues en feu* (Bernard Grasset, 1925).

Le Petit Journal (I, II, III)

Ébauches

II Cinématographe

JEUX INNOCENTS

LES JOUES EN FEU

SAMEDI

Un soir de mai
De cinq à sept
Faire fortune
En jouant au jeu de tonneau
À la campagne, s'il vous plaît.

C'était un dîner de soleil

Pour la santé de vos fillettes
La tranquillité des parents
Une tenue décente
Ils sont si doux ces innocents
Un jour de semaine
        Ou de fête.

LES COUPS DE SOLEIL

Craint-il ou craint-elle
Les coups de soleil
Du pareil au même
Quand revient l'été
On les voit bouger
Sous d'autres tonnelles

Une ou deux semaines
Puis se sont quittés
Ô fragilité !

Les coups de soleil
C'est toujours pareil.

PIGEON VOLE

Quand la demoiselle bien née,
Pivoine, ne veut rien savoir
    Elle serre fort ses pétales.

Pigeon vole ! Âme sur parole
Prisonnière, le coup, s'il part
Nous délivre de nos serments.

Sans jumelles allons voir l'âme
Des suicidés-pour-rire.
              Dame
Au lieu d'attendre une parole
De ce coquillage muet obstinément
Que n'exigèrent-ils de vous le tendre gage !

JEUX INNOCENTS

L'AUTRE BOUCHE

Si tu ouvres ton coquillage
Un soupir peut s'en échapper
Bergère sans cesse occupée
L'amour te tourmente et t'enrage

Visage caché sous le loup
Ta bouche la plus dérobée
Reconnaîtra demain le loup
Qui la prit à la dérobée...

Les petits pois de son corsage
S'éparpillèrent sous les doigts
D'un amant cueilli au passage
À Clamart, l'été, dans les bois.

LA CRÉOLE

Les livres de prix que nous lûmes
Ne parlaient pas des colonies
Où le cœur des femmes s'allume
Sitôt que l'amour est fini

Léa revêt quelque jupon
Rêvant d'une caresse experte
Apprise au retour du Japon
Un jour qu'elle avait eu des pertes

BAINS PUBLICS

Que n'ai-je écouté tes paroles,
Rivière, dont les herbes folles
Au corps des ondines semblaient
Des ceintures de chasteté ?

Car ondines ce sont baigneuses
Aux fruits de marbre, au teint de lait,
Craignant les coups de la saison
Quand les ombrelles lumineuses

Fêtent le retour de l'été
Rivière, que n'ai-je écouté
Le conseil de tes herbes folles...
Adieu la sieste et le gazon,

Les ondines ont dépouillé
Pudeur, décence et chasteté
Mêlant leurs jambes et les miennes.
Jamais ondines ne tolèrent

Ces herbes folles, oripeaux
Passés de mode, sur leur peau.
Ondines sont filles légères
Jetant par-dessus les moulins

Leurs bonnets et combinaisons.
D'une ondine au sexe bâillant
La perle est dans le coquillage
(Perle perdue vingt fois par jour)

Ondines, les reprend l'amour,
Jamais d'ailleurs ne se souviennent
Que Cupidon, c'est en raillant
Qu'il les enfile, fausses perles,
Par derrière et sous une ombrelle.

JEUX INNOCENTS

Envole-toi comme mésange
Ombrelle qui cachais nos jeux

Peu à peu se perd l'innocence.
De Vénus complice l'été
Dépouillant toute chasteté
Fait s'égarer les pucelages,
Tels des colliers ou des bijoux.

Qu'une enfant repeigne ses joues !
Après l'amour qu'on lui enseigne,
Entre ses jeunes jambes saigne
La grenade à jamais fendue.

– Elle s'habituera bientôt
À mieux supporter les mélanges
Et déjà, du bout de la langue,
Dans l'ombre ou à colin-maillard

Elle reconnaît le coupable.
L'ombrelle ouverte sur le sable
Parmi les algues et le sang
Cachera nos jeux innocents.

Notes

Recueil apocryphe, publié « sous le manteau » – avec, en lieu et place du nom de l'éditeur, la mention *Robinson Sous les Tonnelles* – par René Bonnel en 1926, avec une note de l'éditeur et des « reproductions en fac-similé de trois poèmes autographes » glissés dans une enveloppe de couleur crème : *La Créole*, *Girls* et *Les Fiancés de treize ans*.

Note de René Bonnel
  « Les poésies publiées dans le présent recueil ne figurent dans aucun des volumes de vers de Raymond Radiguet, excepté *Les Fiancés de treize ans*. Quelques-unes de ces poésies avaient été réunies par l'auteur, en vue d'une plaquette intitulée *Jouets du vent*, qui n'a jamais paru. Quant aux pièces libres nommées *Jeux innocents*, nous donnons la reproduction en fac-similé de certaines d'entre elles. – Aucun de ces manuscrits, est-il utile de le dire, n'appartient à M. Jean Cocteau. »

Les Fiancés de treize ans
  Ce poème a été adressé à Valentine Hugo le 26 mars 1921, et publié dans la revue *L'Œuf dur* n° 7 en février 1922, puis dans le recueil apocryphe *Vers libres* (René Bonnel, 1925).
  Une variante de ce poème a été publiée dans le recueil *Les Joues en feu* (Bernard Grasset, 1925).

Jouets du vent

Le Hamac

Ce poème figure dans le recueil manuscrit *Poèmes inédits*;
il a été publié dans *La Nouvelle Revue française* en mars
1921.

Bergerie

Ce poème est une variante du poème figurant dans le
recueil manuscrit *Poèmes inédits* et publié dans la revue
Action datée mars-avril 1922.

Déplacements et Villégiatures

Ce poème figure dans le recueil manuscrit *Poèmes inédits*,
sous le titre *Au loin, l'océan se trémousse.*
Un poème différent – écrit le 1er septembre 1921 – portant le même titre a été publié dans le recueil *Les Joues en
feu* (Bernard Grasset, 1925).

Champ-de-Mars

Ce poème, écrit en novembre 1919, figure dans le
recueil manuscrit *Poèmes inédits*; il a été publié dans la
revue *Action* n° 5 en octobre 1920.

Les Joues en feu

Samedi

Les Coups de soleil

Pigeon vole

Ce poème a été publié dans *La Nouvelle Revue française*
en mars 1921.

Nues
> Ce poème, écrit en octobre 1919, figure dans le recueil manuscrit *Couleurs sans danger*; il a été publié dans la revue *Action* nº 5 en octobre 1920.

Billets de faveur
Froid de loup
> Ce poème est un extrait du conte *Billet de faveur*, écrit en septembre 1919 et publié dans la revue *Les Écrits nouveaux* nº 3 en mars 1920.

Victoire
> Ce poème, écrit en septembre 1919, figure dans le recueil manuscrit *Couleurs sans danger* sous le titre *Monologue*; il a été publié dans la revue *Les Écrits nouveaux* nº 3 en mars 1920 comme partie du conte *Billet de faveur*.

Jeux innocents
L'Autre Bouche

La Créole

Bains publics

Jeux innocents

Girls
> Ce poème est une ébauche du poème *La Guerre de Cent Ans*, écrit en mars ou en avril 1921, adressé à Tristan Tzara en mai 1922, et publié dans le recueil *Les Joues en feu* (Bernard Grasset, 1925).

DÉSORDRE

L'INVENTION

Délires insensés! fantômes monstrueux!
Et d'un cerveau malsain rêves tumultueux!
Ces transports déréglés, vagabonde manie,
Sont l'accès de la fièvre et non pas du génie!

Sur des pensers nouveaux faisons des vers antiques.

À d'autres ! le soin ma Patrie
De renouveler ton diadème,
Si ses fleurs furent naturelles
Comme tu dis, tant mieux pour elles !
Et pour être heureux paraît-il
Il ne faut pas songer au paradis
Mais moi j'y pense sans remords :
Quand je suis né, il était mort

ÉBAUCHE

La lune est dans la mer. L'ondine
Chez elle comme en un bocal
Nage dans la lune où l'on dîne
De poissons de feux de Bengale

Pêcheur pris dans ses propres filets
Pris dans les filets qu'il tendit

C'est la dormeuse en son hamac[1]

Le pêcheur défunt[2]
Pris au filet qu'elle tendit

Insoucieuse des mois sans r
Ondine de l'air
C'est la dormeuse en son hamac
Dans l'huître n'aimant que la nacre
Elle naquit un mois sans r
Un mois sans r, un mois sans huître

---

1. Note de l'auteur : « Fracas. Il n'y a pas d'huîtres les mois sans r. »
2. Note de l'auteur : « Paradis. Pris au filet qu'elle tendit. »

Celle qui règne dans le ciel
Au fond du ciel, non de la mer,
Prise aux filets qu'elle tendit

Joyeuse ondine de l'air

C'est la dormeuse en son hamac

ÉBAUCHE

Ô Collines de France, aimables au regard – agréables à
voir
le masque
Comme des seins de femme
Vous savez que l'amant s'embarrasse peu d'égards
Quand l'amour nous affame
– à celui que l'amour affame.

Routes de pommes de l'Île-de-France

Tentant comme pommes du paradis
La mort s'offrait aux hommes
Ronde, au bord de sa veste
Ronde, parfaite comme une pomme
Aussi ronde, aussi parfaite qu'une pomme

Un fruit que l'on cueille soi-même a bien plus de
[saveur.

Sur tes aimables versants a goûté l'oubli

_____

Note de l'auteur : « Jadis. »

C'est ainsi que sur les coteaux

La beauté qui trop souvent nous fait dément
Nous ramène les amants au devoir

On aime avec gourmandise
Comme un fruit nouveau que l'on prend à sa tige
La saveur du vertige
Poèmes inquiets comme l'âge ingrat

Écorce – l'aubier.

Jeune – invite.

ÉBAUCHE

Terre trop molle pour qu'y croissent
Des sentiments autres que de femmes
Nous appelons la terre ferme

Ceux à qui sur la terre ferme
Rien n'est permis, hormis la haine

ÉBAUCHE

Quelles fleurs faut-il que je rêve
Fleuve complaisant dont le lit
Préserve du flagrant délit

ÉBAUCHE

Jasmin – comme une odeur charnelle.

◆

Buissons verts – doux comme des fourrures – précipité
ma tête dedans. Plaisir sensuel, sexuel.
Me précipite sur des fleurs – comme un marin arrive
dans un port, va voir des femmes – loin des leurs.

◆

Cactus – des feuilles sur lesquelles des marins anglais
ont écrit leur nom.

◆

Palmier, cactus exotiques – plantes grasses. Pattes de
crabes verts, mauvais à manger. Les plus fins – pattes
de homard.

ÉBAUCHE

La beauté est trop souvent coupable, faute de s'arrêter
à mi-chemin.

◆

Votre beauté qui n'a rien de coupable, comme d'autres éloignent, nous ramène au devoir.

◆

Mes charmes capables de faire oublier leur devoir à un
homme bien né, doivent pouvoir le leur faire
accomplir – et oublie son devoir.

◆

Perdre la notion du devoir.

ÉBAUCHE

La mort de Louis XVI.

◆

Léda donne du pain aux cygnes sous l'édredon. Chant du cygne.

◆

Panier. Léda. La mort. Marie-Antoinette. Roulé dans le panier. Tu perds la tête. Panier enrubanné, le panier sans rubans.
Moutons égorgés. Brebis. Pastorale mortelle, pastorales.

◆

Dans la posture du saute-mouton de la mort – dans de sanglantes pastorales si

◆

Ruban – faveur.

ÉBAUCHE

Foudre. Mort. Poème sur les rêves.

◆

Le sommeil ressemble à la vie ressemble au sommeil. On est réveillé c'est la mort.

◆

Le coup de foudre – réveil.
La lucarne sur l'autre monde.

FRAGMENTS

Attrayante image.

Enseveli

Chapeau à plumes   Claque chapeau

Mouchoir   Vagabond

Divulguent

Invitation pour deux personnes

Notes

Manuscrits achevés et inachevés rassemblés par Raymond Radiguet en septembre et octobre 1923 à Piquey.

L'Invention
Poème sans titre
Huit ébauches
Fragments

Chronologie de la vie et de l'œuvre
de Raymond Radiguet

1903. – 18 JUIN : Raymond Radiguet naît à Saint-Maur-des-Fossés de Maurice Radiguet, caricaturiste, et de Marie Tournier (descendante de Joséphine de Beauharnais).

1904. – 4 NOVEMBRE : naissance de sa sœur Madeleine.

1906. – 15 AVRIL : naissance de son frère Paul.
       26 AVRIL : mort de Madeleine.

1907. – 28 MAI : naissance de son frère René.

1908. – 14 NOVEMBRE : naissance de sa sœur Suzanne.

1909. – Il entre à l'école communale de Saint-Maur-des-Fossés et s'y montre excellent élève, excepté dans les disciplines artistiques. Il se lie d'amitié avec Yves Krier.

1911. – 8 AVRIL : naissance de sa sœur Andrée.

1913. – 15 JUILLET : naissance de sa sœur Simone.
       Il quitte l'école communale après avoir reçu le prix d'Honneur et la « Couronne d'or ».

1914. – Admis au Concours des Bourses, il entre au lycée Charlemagne, à Paris, avec son ami Yves Krier. Élève médiocre, il ne s'intéresse qu'à la littérature. Nombreuses lectures issues de la bibliothèque paternelle – plus de deux cents livres en deux ans – parmi lesquelles Longus, Madame de La Fayette, Lautréamont, Stendhal, Verlaine, Rimbaud, Proust et Mallarmé.

1917. – Il corrige des saynètes écrites par Yves Krier et interprétées par des camarades de lycée.

AVRIL : rencontre d'Alice, âgée de vingt-quatre ans, sur l'Impériale du train de la Bastille où elle voyage en compagnie de Maurice Radiguet. Une aventure s'ensuit.

Son manque d'assiduité et ses nombreuses absences entraînent son renvoi du lycée (classe de 4ᵉ A1) avant la fin de l'année scolaire.

Il continue d'étudier le latin et le grec avec son père, s'essaie au dessin et écrit ses premiers poèmes.

AUTOMNE : rencontre d'André Salmon au quotidien *L'Intransigeant,* rue du Croissant, où il apporte les caricatures de Maurice Radiguet. Il lui montre ses propres dessins – quelques-uns seront reproduits en première page, sous la signature Rajky – puis lui donne à lire ses poèmes, signés soit Rajky soit Raimon Rajky.

Il devient secrétaire de rédaction des hebdomadaires *Le Rire* et *Fantasio,* effectue la mise en pages des contes et des dessins.

Fréquentation du Café du Croissant, proche du journal, où il côtoie le monde de la presse. Il se fait remarquer par sa personnalité affirmée, joue à la belote et y gagne de l'argent.

Rendez-vous avec Alice, au café du Coq d'Or, rue Montmartre, «qu'il manque une fois sur deux».

1918. – JANVIER : envoi de poèmes à Jacques Perez y Jorba, rédacteur en chef de la revue *L'Instant.*

Sur la recommandation d'André Salmon, il rencontre Max Jacob qui se montre enthousiasmé par ses poèmes. Ils se lient d'amitié.

Envoi de poèmes à Guillaume Apollinaire, qu'il admire et souhaite rencontrer. Refus d'Apollinaire.

À l'occasion de l'une de ses fréquentes visites chez Max Jacob, rue Gabrielle, en compagnie d'Yves Krier, il fait la connaissance de Georges Gabory – nouvelle amitié, ils se voient presque tous les jours. Il fréquente Montmartre, y rencontre Pierre Reverdy, François Bernouard, Juan Gris et Niels de Dardel. Quand il ne rentre pas à Saint-Maur, par le « train des théâtres » ou à pied par le bois de Vincennes, il dort chez Max Jacob ou chez Niels de Dardel, rue Lepic, ou encore chez Juan Gris, au Bateau-Lavoir.

André Salmon le présente aux rédacteurs en chef des quotidiens *L'Éveil* et *L'Heure*, qui lui commandent des articles, et à André Billy, directeur de *L'Œuvre*.

8 MAI : publication de la saynète *Galanterie française* dans *Le Canard enchaîné*, sous la signature Rajky.

JUIN : publication d'un poème sans titre dans *Sic*, sous la signature Raimon Rajky.

Nombreuses lectures, à l'imprimerie, dans la rue, ou en barque sur la Marne.

29 JUILLET : rencontre de Jacques Perez y Jorba.

4 AOÛT : publication de l'article *La Grippe espagnole* dans *L'Éveil*.

8 AOÛT : publication de l'article *La Carte de tabac* dans *L'Éveil*.

14 AOÛT : publication de l'article *Le Jouet en bois* dans *L'Heure*.

19 AOÛT : publication de l'article *Initiative* dans *L'Heure*.

20 AOÛT : publication de l'article *L'Anglais tel qu'on le parle (I)* dans *L'Heure*.

23 AOÛT : publication de l'article *Cours d'anglais...* dans *L'Heure*.

24 AOÛT : publication des articles *La Réponse américaine* dans *L'Éveil* – censuré à parution – et *Les Raids postaux* dans *L'Heure*.

26 AOÛT : publication de l'article *Dimanche de guerre* dans *L'Heure*.

28 AOÛT : publication de l'article *Nouvelles approximatives (I)* dans *L'Heure*.

30 AOÛT : publication de l'*Interview de M. Diagne* dans *L'Éveil*.

31 AOÛT : publication de l'article *Guerre à la morphine* dans *L'Heure*.

Fin de la liaison avec Alice.

SEPTEMBRE : publication du poème *Aiguille des secondes* dans *L'Instant*, sous la signature Raimon Rajky.

1er SEPTEMBRE : publication de l'article *La Controverse alimentaire* dans *L'Heure*.

2 SEPTEMBRE : publication de l'article *Nouvelles approximatives (II)* dans *L'Heure*.

6 SEPTEMBRE : publication de l'article *Le Bon Retour* dans *L'Heure*.

7 SEPTEMBRE : publication de l'article *L'Éternel Persécuté* dans *L'Heure*.

8 SEPTEMBRE : publication d'un dessin dans *L'Éveil*, sous la signature Rajky.

10 SEPTEMBRE : publication de l'article *Les Belles Images* dans *L'Heure*.

15 SEPTEMBRE : publication de l'article *N'attendez pas l'hiver !* dans *L'Éveil*.

25 SEPTEMBRE : publication de l'article *L'Anglais tel qu'on le parle (II)* dans *L'Heure*, sous la signature Yank Soldat, et du dessin *C'est la mode* dans *L'Éveil*, sous la signature Rajky.

5 OCTOBRE : publication d'un dessin dans *L'Éveil*, sous la signature Rajky.

NOVEMBRE : publication d'un poème sans titre dans *Sic*.

3 NOVEMBRE : publication d'un dessin dans *L'Éveil* sous la signature Rajky.

DÉCEMBRE : publication du conte *Tohu* dans *Sic* et de l'article *Couleur du temps* dans *L'Instant*.

1919. – 12 JANVIER : envoi de poèmes à Tristan Tzara.

FÉVRIER : publication des poèmes *Plan* et *Cadran sans aiguilles* dans *Sic*.

Correspondance avec Max Jacob et Tristan Tzara.

MARS : publication de l'article *Allusions* dans *Sic*.

Depuis Saint-Maur-des-Fossés, il adresse au couturier et mécène Jacques Doucet un portrait de Louis Aragon intitulé *Bienvenu* ou *Au rendez-vous des arcs-en-ciel*.

Correspondance avec Emmanuel Faÿ qu'il rencontre souvent, à Saint-Maur-des-Fossés ou à Paris, et avec Marcel Herrand.

Envoi d'un poème à Tristan Tzara.

Fin de sa collaboration au *Rire* et à *Fantasio*.

MAI : correspondance avec Tristan Tzara.

JUIN : publication des poèmes *Le Langage des fleurs ou des étoiles* et *Appartement à louer* dans *Aujourd'hui*, du poème *Incognito* dans *Littérature*, et du poème *À plusieurs voix* dans *Anthologie Dada*, illustré par Wassili Kandinsky.

7 JUIN : le rédacteur en chef de *Tout* lui propose de collaborer à ce nouveau mensuel.

8 JUIN : au cours d'une matinée poétique organisée par Max Jacob dans la galerie de Léonce Rosenberg, L'Effort moderne, il lit un poème de Guillaume Apollinaire.

Muni d'une lettre de recommandation de Max Jacob, il rend visite à Jean Cocteau quelques jours plus tard, et lui lit certains de ses poèmes. Enthousiasmé, celui-ci l'encourage. Début de leur amitié. Jean Cocteau l'introduit bientôt dans les milieux artistiques et littéraires.

JUILLET : publication du poème *Un vrai petit diable, dictée*, et d'un rébus graphique dans *Littérature*.

Jacques Doucet lui propose d'acquérir certains de ses manuscrits pour sa collection particulière. Correspondance et rencontres régulières.

Correspondance avec Irène Lagut.

7 AOÛT : envoi de poèmes à Marcel Herrand.

Correspondance avec Jacques Doucet, André Breton et Jean Cocteau.

SEPTEMBRE : écriture du conte *Billet de faveur* et composition du recueil poétique *Le Bonnet d'âne*, qu'il illustre à l'aquarelle avant de le remettre à Jacques Doucet.

19 SEPTEMBRE : il donne à lire à Jean Cocteau deux projets de préface pour un futur recueil poétique, *Devoirs de vacances*.

29 SEPTEMBRE : le *Mercure de France* refuse de publier certains de ses poèmes, « malgré l'intérêt qu'ils présentent et leur réelle valeur littéraire ».

Correspondance avec Irène Lagut, André Breton et Louis Aragon.

NOVEMBRE : publication du poème *Côte d'Azur* dans *Littérature*.

Écriture de la pièce de théâtre *Les Pélican*.

15 NOVEMBRE : envoi à Jacques Doucet de *Articles de Paris*.

Il rencontre Édith et Étienne de Beaumont, et se lie d'amitié avec elle ; il est invité aux soirées qu'ils organisent – avec la collaboration de Jean Cocteau, Pablo Picasso, Erik Satie et Tristan Tzara – dans leur hôtel particulier et au Théâtre de La Cigale.

Correspondance avec Jacques Doucet, Marcel Herrand et François Victor-Hugo.

DÉCEMBRE : composition du recueil poétique *Couleurs sans danger,* qu'il illustre à l'aquarelle avant de le remettre à Jacques Doucet.

Il fréquente Montparnasse, les cours de dessin de la Grande Chaumière et de l'Académie Colarossi, les ateliers d'Amedeo Modigliani et de Pablo Picasso – où il dort parfois – ainsi que les cafés La Rotonde et La Chope où il retrouve Yves Krier.

Il assiste aux « dîners du samedi », en compagnie de Jean Cocteau, Paul Morand, le Groupe des Six, Ricardo Viñes, Marcelle Meyer et Pierre Bertin.

6 DÉCEMBRE : envoi à Jacques Doucet de l'article *Franc-Nohain*.

16 DÉCEMBRE : envoi à Jacques Doucet de l'article *Jean Cocteau.*

22 DÉCEMBRE : envoi à Jacques Doucet de l'article *Auteurs à succès.*

Il entreprend l'écriture du *Diable au corps.*

Correspondance avec Irène Lagut, Jacques Doucet, Darius Milhaud et Yves Krier.

1920. – JANVIER : publication du poème *Emploi du temps* dans *Littérature*.

Écriture du conte *Le Cygne*, qu'il adresse à Jacques Doucet, des saynètes *L'Hommage à Chateaubriand* et, en collaboration avec Jean Cocteau, *Le Gendarme incompris*.

Il s'installe dans un petit hôtel du quartier de la Madeleine.

16 JANVIER : naissance de sa sœur Paulette.

21 JANVIER : il assiste, au café Certa, à la réunion préparatoire de la première grande séance Dada – premier « vendredi » de la revue *Littérature*.

23 JANVIER : trop enroué, il n'intervient pas au cours de la soirée Dada organisée au Palais des Fêtes, rue Saint-Martin. Certains de ses poèmes y sont lus, ainsi que des textes de Louis Aragon, André Breton et Philippe Soupault ; Erik Satie et le Groupe des Six y donnent un concert.

Il fréquente les salles de spectacles et les fêtes foraines avec ses amis « du samedi ».

Correspondance avec André Breton.

FÉVRIER : publication du poème *Paul et Virginie*, de la réponse à l'enquête *Pourquoi écrivez-vous ?* et d'un rébus condamnant le dadaïsme – « Le gâtisme est passé de mode » – dans *Littérature*.

7 FÉVRIER : comme souvent avant le « dîner du samedi », il assiste à un spectacle du Cirque Médrano en compagnie de ses amis et y fait la connaissance des Fratellini.

Il collabore, avec Jean Cocteau et Darius Milhaud, à l'argument de la pantomime *Le Bœuf sur le toit*, composition inspirée d'une chanson populaire brésilienne.

21 FÉVRIER : publication de l'article *Le Bœuf sur le toit* dans *Le Gaulois*.

21, 23, 25 ET 28 FÉVRIER : les Fratellini jouent la pantomime *Le Bœuf sur le toit* à la Comédie des Champs-Élysées, au cours du premier « Spectacle-concert » conçu et organisé par Jean Cocteau.

MARS : publication du conte *Billet de faveur* dans *Les Écrits nouveaux*.

4 MARS : séjour à Carqueiranne en compagnie de Jean Cocteau, à l'hôtel Gilly-et-Jules. Écriture de poèmes en vers réguliers, de plusieurs articles, et du conte *Denise*.

FIN AVRIL : de retour à Paris, il assiste à la représentation d'une pièce de Max Jacob à la Comédie-Française.

Correspondance avec Jacques Doucet.

MAI : écriture de l'article *Dada ou le cabaret du néant*, qu'il adresse à André Breton et à Jacques Doucet.

Il fonde avec Jean Cocteau la revue « anti-dadaïste » *Le Coq*. Parmi les collaborateurs : Paul Morand, Lucien Daudet, Erik Satie, Georges Auric, Darius Milhaud, Francis Poulenc, Roger de La Fresnaye et François Bernouard.

Publication de l'article *Depuis 1789, on me force à penser. J'en ai mal à la tête* dans *Le Coq*.

15 MAI : après la première de *Pulcinella* d'Igor Stravinsky à l'Opéra de Paris, il se rend en compagnie de Jean Cocteau, Valentine et Jean Hugo à une fête organisée par le prince Firouz de Perse dans le château de René de Amoretti, à Robinson.

FIN MAI : court séjour chez ses parents, à Saint-Maur-des-Fossés.

Correspondance avec Jacques Doucet.

JUIN : publication du poème *Halte* et du conte *La Marchande de fleurs* dans *Le Coq*.

Écriture de l'article *Notes secrètes sur quelques poètes «cubistes»*, qu'il adresse à Jacques Doucet, et d'un texte de conférence sur Jean Cocteau.

JUILLET : publication du poème *Prise d'armes* et de l'article *Le Journal quotidien* dans *Le Coq parisien*.

12 JUILLET : publication du recueil de poèmes *Les Joues en feu* aux Éditions François Bernouard, illustré par Jean Hugo.

Séjour à Barbizon où il peut «se reposer et travailler».

FIN JUILLET : de retour à Saint-Maur-des-Fossés, il correspond avec Jacques Doucet et le rencontre fréquemment à Paris.

19 AOÛT : nouveau séjour à Carqueiranne en compagnie de Jean Cocteau, à qui il recommande la lecture de Ronsard.

Ils écrivent le livret de l'opéra comique *Paul et Virginie*.

27 AOÛT : début d'un séjour à Piquey en compagnie de Jean Cocteau, à l'hôtel Chantecler.

Correspondance avec son frère Paul, son père et Jacques Doucet.

SEPTEMBRE : écriture, en collaboration avec Jean Cocteau, de la préface de la saynète *Le Gendarme incompris*.

2 SEPTEMBRE : mort de sa sœur Paulette.

FIN SEPTEMBRE : il entreprend la rédaction de l'essai *Règle du jeu*.

Correspondance avec sa tante Eugénie Cordonnier et l'éditeur Paul Laffitte.

OCTOBRE : publication des poèmes *Champ-de-Mars* et *Nues* dans *Action*.

4 OCTOBRE : de retour à Saint-Maur-des-Fossés, il annonce à Jacques Doucet la parution prochaine d'un journal dont il sera l'unique rédacteur, et Emmanuel Faÿ l'illustrateur. Rencontres régulières avec Jacques Doucet, qui souscrit un abonnement « de luxe ».

13 OCTOBRE : il confie à un imprimeur les manuscrits du premier numéro du journal – qui ne paraîtra jamais.

22 OCTOBRE : Max Jacob le recommande à André Malraux, alors collaborateur des Éditions du Sagittaire. Correspondance avec Jacques Doucet et Max Jacob.

NOVEMBRE : publication de l'article *Conseils aux grands poètes*, du quatrain *Xylolâtrie* et de la saynète *Une soirée mémorable*, écrite en collaboration avec Jean Cocteau, dans *Le Coq parisien*.

Il travaille, avec Jean Cocteau et Georges Auric, à l'écriture d'une « tragi-comédie musicale », *La Noce*.

22 NOVEMBRE : lecture à Erik Satie, en compagnie de Jean Cocteau, du livret de *Paul et Virginie*.

17 DÉCEMBRE : Pablo Picasso fait son portrait.

25 DÉCEMBRE : publication de l'article *Parade* dans *Le Gaulois*.

1921. – 31 JANVIER : publication du recueil *Devoirs de vacances* aux Éditions de la Sirène, illustré par Irène Lagut.

28 FÉVRIER : début d'un nouveau séjour à Carqueiranne, à l'hôtel Gilly-et-Jules, où il écrit des poèmes. Visite de Saint-Tropez.

MARS : publication des poèmes *Pigeon vole*, *Automne* et *Le Hamac* dans *La Nouvelle Revue française*.

2 MARS : écriture d'un poème sans titre, qu'il adresse à Valentine Hugo.

14 MARS : envoi d'autres poèmes à Valentine Hugo.

16 MARS : Jean Cocteau le rejoint à Carqueiranne. Visite de Juan Gris.

26 MARS : envoi d'un poème à Valentine Hugo.

Correspondance avec Valentine et Jean Hugo, Marcelle Meyer et Pierre Bertin, Marcel Sauvage et le docteur Roux de l'Institut Pasteur.

1er AVRIL : visite de Roger de La Fresnaye, qui fait son portrait.

16 AVRIL : retour à Paris.

Il est convié aux soirées organisées par Édith et Étienne de Beaumont.

En compagnie de Valentine et Jean Hugo, Darius Milhaud et Lucien Daudet, il se rend à un bal donné par Jacques Porel – le fils de la comédienne Réjane.

Correspondance avec Valentine Hugo et Jacques Doucet.

MAI : début d'une liaison avec Béatrice Hastings, rencontrée chez Constantin Brancusi.

Plusieurs rendez-vous avec André Malraux, à l'hôtel Lutétia.

Publication de la saynète *Le Gendarme incompris* aux Éditions de la Galerie Simon.

21 MAI : publication de l'article *Ingres et le cubisme* dans *Le Gaulois*.

23, 24, 25 ET 26 MAI : représentations des *Pélican* et du *Gendarme incompris* au Théâtre Michel, au cours d'un « Spectacle de théâtre bouffe » mis en scène par Pierre Bertin.

25 MAI : publication de la pièce de théâtre *Les Pélican* aux Éditions de la Galerie Simon, illustrée par Henri Laurens.

27 MAI : Simon Kra, directeur des Éditions du Sagittaire, souhaite le rencontrer.

Correspondance avec Béatrice Hastings.

JUIN : publication du poème *Histoire de France* dans *Les Écrits nouveaux*.

12 JUIN : rendez-vous à l'hôtel Lutétia avec André Malraux, qui a pour projet de publier certains de ses poèmes dans une « anthologie de la nouvelle poésie française ».

25 JUIN : publication de *Article de Paris* dans *Le Gaulois*.

FIN JUIN : écriture de l'article *Les Mariés de la Tour Eiffel*.

Correspondance avec André Malraux.

JUILLET : séjour à Besse-en-Chandesse en compagnie de Jean Cocteau, à l'Hôtel de Paris. Visite de Marcelle Meyer et Pierre Bertin.

Publication de l'article *La Mythologie nouvelle* dans *La Gazette du Bon Ton*, illustré par Jean Hugo.

AOÛT : début d'un nouveau séjour à Piquey en compagnie de Jean Cocteau, à l'hôtel Chantecler. Visites de Valentine et Jean Hugo, Marcelle Meyer et Pierre Bertin, Georges Auric, Béatrice Hastings, et Jacques Lipschitz qui sculpte son buste.

Écriture du poème *Déplacements et Villégiatures,* et du roman *Le Diable au corps.*

Correspondance amoureuse avec Mary Beerbohm.

FIN SEPTEMBRE : retour à Paris. Jean Cocteau l'aide à trouver un emploi et dépose le manuscrit du *Diable au corps* aux Éditions de La Sirène.

AUTOMNE : publication des poèmes *Que le coq agite sa crête, Élégie, À une promeneuse nue* et *Statue ou épouvantail* dans *Anthologie de la nouvelle poésie française*, aux Éditions Kra.

Correspondance avec sa sœur Simone et Eugénie Cordonnier.

NOVEMBRE : publication du poème *Statue ou épouvantail* dans *Création*.

Correspondance avec Béatrice Hastings.

DÉCEMBRE : recherche de documentation et prise de notes préalables à l'écriture du *Bal du comte d'Orgel.*

Il boit beaucoup, prend du laudanum et passe ses nuits au Lys rouge et surtout au Gaya, rue Duphot, bar tenu par Louis Moysès où Jean Wiener joue du piano, le «nègre» Vance Lowry du saxophone et Jean Cocteau de la batterie.

22 DÉCEMBRE : correspondance avec Béatrice Hastings, qui lui reproche sa liaison avec Mary Beerbohm.

1922. – JANVIER : Jean Cocteau lui suggère de soumettre *Le Diable au corps* au jury du prix Balzac, qui se propose de récompenser un manuscrit inédit d'auteur inconnu. Edmond Jaloux, secrétaire général du prix, signale le roman à Bernard Grasset.

10 JANVIER : soirée d'inauguration du Bœuf sur le toit, rue Boissy-d'Anglas, nouveau bar de Louis Moysès. Il y assiste en compagnie de Jean Cocteau, Max Jacob, Erik Satie, le Groupe des Six, Clément Doucet, Jacques Février, Vance Lowry, Juan Gris, Pablo Picasso, Constantin Brancusi, les Fratellini, Mary Beerbohm, Édith et Étienne de Beaumont. Parmi les autres invités : Igor Stravinsky, Serge de Diaghilev, Léonide Massine et les danseurs étoiles des Ballets russes, Ida et Arthur Rubinstein, Gabrielle Chanel, Georges Simenon, le roi Ferdinand de Roumanie, la

princesse Lucien Murat, le grand duc Dimitri et la comtesse Anna de Noailles. Il s'éclipse pour dîner en compagnie de Constantin Brancusi. Départ pour Marseille où ils passent la nuit dans des « mauvais lieux » du Vieux Port.

11 JANVIER : départ pour la Corse, ils visitent Ajaccio et la campagne.

21 JANVIER : de retour à Paris, ils se rendent au restaurant Delmas pour l'habituel « dîner du samedi », présidé par Jean Cocteau.

30 JANVIER : Jean Cocteau fait lecture du *Diable au corps* chez Valentine et Jean Hugo, rue Montpensier, en présence d'Édith et Étienne de Beaumont, Olga et Pablo Picasso, Pierre de Lacretelle, Misia Sert et Cypa Godebski.

Correspondance avec Béatrice Hastings.

FÉVRIER : publication du poème *Les Fiancés de treize ans* dans *L'Œuf dur*, de l'article *Les Mariés de la Tour Eiffel* et d'un extrait du roman *Le Diable au corps* dans *Les Feuilles libres*.

23 FÉVRIER : il s'installe à l'Hôtel de la Madeleine, rue de Surène.

27 FÉVRIER : il participe au bal costumé du « Lundi gras » organisé par Édith et Étienne de Beaumont dans leur hôtel particulier. Déguisé en « tir forain », il escorte Valentine Hugo déguisée en « manège de foire » ; Étienne de Beaumont est un « amour grotesque », Jean Hugo un « jeu de billard », Georges Auric, Darius Milhaud et Francis Poulenc des joueurs de football.

Correspondance avec Béatrice Hastings, et avec Bernard Grasset qui lui donne rendez-vous.

MARS : publication de l'article *Bilan* dans *Catalogue*, et du poème *Bergerie* dans *Action*.

3 MARS : au cours du rendez-vous avec Bernard Grasset, Jean Cocteau lit les premières pages du *Diable au corps*. Enthousiasmé, l'éditeur signe immédiatement un contrat lui assurant une mensualité de 1 500 francs à titre d'avance sur ses droits d'auteur, et lui demande de revoir la fin du roman auquel « il manque une conclusion ».

Soutien financier à sa famille et nombreux cadeaux.

20 MARS : séjour à Fontainebleau, à l'hôtel du Cadran bleu, où il travaille à la conclusion du *Diable au corps*.

21 MARS : publication de l'article *Les Matinées poétiques de la Comédie-Française* dans *Comœdia*.

25 MARS : retour à l'Hôtel de la Madeleine.

Dans sa bibliothèque : Ronsard, Chénier, Malherbe et La Fontaine.

31 MARS : nouveau séjour à Fontainebleau, à l'hôtel du Cadran bleu, avec Mary Beerbohm et des amis américains.

Constantin Brancusi les rejoint.

Correspondance avec Bernard Grasset.

3 AVRIL : retour à l'Hôtel de la Madeleine. Il fréquente assidûment le Bœuf sur le Toit, boit beaucoup (whisky, gin), et s'endette.

FIN AVRIL : il verse un dédommagement de 3 500 francs aux Éditions de La Sirène et reprend possession du manuscrit du *Diable au corps*.

FIN AVRIL : séjour à Chantilly avec Jean Cocteau, où il continue de travailler au dénouement du *Diable au corps*.

Il se rend à une fête foraine installée sur l'esplanade des Invalides, « Magic City », en compagnie de Jean Cocteau, Valentine et Jean Hugo, Paul Morand, Darius Milhaud, Germaine Tailleferre et Marcelle Meyer.

Envoi de poèmes à Tristan Tzara.

Correspondance avec Marcel Raval et Paul Laffitte.

DÉBUT MAI : séjour au Grand Hôtel du Lavandou, en compagnie de Jean Cocteau, où il apporte les dernières corrections au *Diable au corps*.

21 MAI : début de l'écriture du roman *Le Bal du comte d'Orgel*.

Nombreuses lectures : Marivaux, *Juliette Trécœur* d'Octave Feuillet, *La Rose de l'Infante* et *La Tristesse d'Olympio* d'André Chénier.

Correspondance avec Eugénie Cocteau, mère de Jean, et Bernard Grasset.

JUIN : publication des poèmes *Élégie* dans *Intentions* et *Que le coq agite sa crête* dans *Les Feuilles libres*, illustré par Pablo Picasso.

Il entreprend l'écriture du conte *La Ville au lac d'argent*.

Valentine et Jean Hugo puis Joseph Kessel, Pierre et Jacques de Lacretelle les rejoignent. Le dimanche, ils vont au cinéma.

16 JUIN : visite à Georges Auric, qui séjourne à Sainte-Maxime.

30 JUIN : publication du poème *Ode à la paresse* dans *Catalogue*.

Maurice Martin du Gard lui propose de publier de ses « poèmes obscènes » dans *Les Nouvelles littéraires*.

Correspondance avec Bernard Grasset et Tristan Tzara.

7 JUILLET : naissance de son frère Jean.

Correspondance avec son père.

DÉBUT AOÛT : il s'installe à Pramousquier en compagnie de Jean Cocteau, à la Villa Croix-Fleurie, où les rejoignent Georges Auric, François de Gouy d'Arcy, Russell Greeley, Pierre de Lacretelle, Valentine et Jean Hugo.

15 AOÛT : cent pages du *Bal du comte d'Orgel* sont écrites.

Lecture de Chateaubriand et Ramuz.

Correspondance avec Eugénie Cocteau.

OCTOBRE : publication, sans sa signature, de l'essai *Art poétique*, écrit en collaboration avec Max Jacob, aux Éditions Émile-Paul.

20 OCTOBRE : la première version du *Bal du comte d'Orgel* est achevée, début de la seconde rédaction.

Correspondance avec Valentine Hugo, Georges Auric et Max Jacob.

9 NOVEMBRE : retour à Paris.

10 NOVEMBRE : visite chez ses parents, à Saint-Maur-des-Fossés, où il fait la connaissance de son frère Jean.

21 NOVEMBRE : il assiste à l'enterrement de Marcel Proust, en compagnie de Jean Cocteau. Sur le trajet du convoi funèbre, ils font une halte au Bœuf sur le Toit et mangent des crêpes.

Correspondance avec Misia Sert et Eugénie Cocteau.

DÉCEMBRE : publication de l'article *Antigone de Sophocle*, adaptation libre de Jean Cocteau dans *Les Feuilles libres*.

Correspondance avec Béatrice Hastings.

1923. — FIN JANVIER : remise de la version définitive du *Diable au corps* à Bernard Grasset, à l'exception des dernières pages.

Correspondance avec Bernard Grasset.

DÉBUT FÉVRIER : séjour à Chantilly en compagnie de Jean Cocteau, et écriture de la dernière version du dénouement du *Diable au corps*.

24 FÉVRIER : retour à Paris.

3 MARS : publication de «Bonnes Feuilles» du *Diable au corps* dans *Le Gaulois*.

Campagne publicitaire sans précédent et protestations de la critique, qui le surnomme «bébé Cadum de la littérature».

10 MARS : publication du *Diable au corps* aux Éditions Bernard Grasset et de l'article *Mon premier roman : Le Diable au corps* dans *Les Nouvelles littéraires*. Succès immédiat. Il est fêté dans les salons littéraires et mondains : chez la princesse Lucien Murat, chez Édith et Étienne de Beaumont, chez Paul Poiret et dans le salon de Misia Sert, à l'hôtel Meurice.

Rencontre de Bolette Natanson.

17 MARS : le premier tirage du *Diable au corps* est épuisé.

Correspondance avec Paul Valéry, Jacques Maritain et Abel Hermant.

14 AVRIL : bref séjour en Angleterre, en compagnie de Jean Cocteau, chez Reginald Bridgeman. Visite d'Oxford.

Son père souffrant, il subvient aux dépenses de la famille.

De retour à Paris, il s'installe dans le luxueux hôtel Foyot, rue de Tournon. Il y invite ses frères Paul et René.

21 AVRIL : séance de spiritisme chez Valentine et Jean Hugo, rue Chateaubriand, en compagnie de Jean Cocteau et Georges Auric.

25 AVRIL : nouvelle séance de spiritisme chez Valentine

et Jean Hugo, en compagnie de Jean Cocteau, Georges
Auric et Paul Morand.

30 AVRIL : dernière séance de spiritisme chez Valentine
et Jean Hugo, en compagnie de Jean Cocteau et Georges
Auric.

Correspondance avec Valentine Hugo, René Benjamin
et Bernard Grasset.

3 MAI : déjeuner chez Eugénie Cocteau en compagnie
de Jean Cocteau et de l'abbé Mugnier. Le soir, il assiste à
l'allocution de Jean Cocteau au Collège de France, *D'un
ordre considéré comme une anarchie.*

15 MAI : en lice avec *Le Bon Apôtre* de Philippe Soupault, *Le Diable au corps* reçoit le prix du Nouveau Monde
– malgré les pressions de l'Association des Écrivains
Anciens Combattants.

Soirée de liesse au Bœuf sur le Toit avec ses amis.

Correspondance avec Reginald Bridgeman et Max
Jacob.

9 JUILLET : début d'un séjour à Piquey, en compagnie
de Jean Cocteau et Russell Greeley. Il travaille à la troisième version du *Bal du comte d'Orgel,* résolu à le terminer
avant d'effectuer son service militaire.

Vie régulière et studieuse, lecture du *Voyage de Sparte* de
Maurice Barrès et du *Cahier rouge* de Benjamin Constant.

25 JUILLET : arrivée de Valentine et Jean Hugo, Bolette
Natanson, François de Gouy d'Arcy et Georges Auric, qui
entreprend de dactylographier *Le Bal du comte d'Orgel* sous
sa dictée.

Promenades en barque : visite d'Arcachon, de l'île aux
Oiseaux et de villages de pêcheurs.

30 JUILLET : au cours d'une baignade, il échappe de
justesse à la noyade.

Correspondance avec son frère René, son père, Francis Poulenc et Roland Dorgelès.

3 AOÛT : il fait lecture à Valentine Hugo du *Bal du comte d'Orgel*, qu'il vient de terminer.

Il établit des fiches de documentation et recopie ses notes préliminaires à l'écriture de *Charles d'Orléans, tableau d'histoire*.

16 AOÛT : il entreprend la rédaction d'un journal.

18 AOÛT : écriture de l'avant-propos du *Bal du comte d'Orgel*.

Au cours d'une promenade à Arcachon avec ses amis, il achète *Le Deuil des primevères* de Francis Jammes et des livres de Jean Moréas.

FIN AOÛT : lecture du *Bal du comte d'Orgel* à ses amis.

Correspondance avec Gaston Gallimard et Daniel-Henry Kanhweiler, à propos de la publication du recueil *Les Joues en feu*.

SEPTEMBRE : écriture de la *Note pour l'édition définitive des Joues en feu* et de la préface d'un recueil de poèmes resté inachevé. Il entreprend la rédaction du récit *Île-de-France, île d'amour*, met en ordre ses manuscrits et constitue le dossier *Désordre*. Il apporte d'ultimes corrections au *Bal du comte d'Orgel*.

10 SEPTEMBRE : Bernard Grasset informe Gaston Gallimard qu'il souhaite publier le recueil *Les Joues en feu*.

MI-SEPTEMBRE : visite de Bordeaux en fiacre découvert, puis dîner au restaurant Le Chapon fin avec Jean Cocteau, Valentine et Jean Hugo.

Correspondance avec Eugénie Cocteau et Bernard Grasset.

14 OCTOBRE : de retour à Paris, il remet le manuscrit du *Bal du comte d'Orgel* à Bernard Grasset.

Liaison avec Bronja Perlmutter, qui s'installe avec lui à l'hôtel Foyot. Projet de mariage.

Convocation au conseil de révision de Saint-Maur-des-Fossés. Bernard Grasset l'accompagne et obtient un sursis afin qu'il puisse corriger les épreuves du *Bal du comte d'Orgel.*

23 OCTOBRE : début de la correction des épreuves.

FIN OCTOBRE : souffrant, il ne consent pas à se soigner, trop absorbé par son travail.

NOVEMBRE : publication du poème *Le Prisonnier des mers* dans *Les Feuilles libres*, illustré par Pablo Picasso.

FIN NOVEMBRE : son état de santé se détériore, il doit s'aliter. Bronja Perlmutter prend soin de lui. Le médecin appelé à son chevet par Jean Cocteau diagnostique une grippe. Quelques jours plus tard, un médecin appelé par Louis Moysès diagnostique une fièvre typhoïde – sans doute contractée à Piquey comme ce fut le cas pour Valentine Hugo, soignée et guérie dès son retour à Paris.

DÉBUT DÉCEMBRE : transporté dans une clinique, rue Piccini, il poursuit le travail de correction des épreuves du *Bal du comte d'Orgel.*

6 DÉCEMBRE : Bronja Perlmutter est à ses côtés. Visite d'Eugénie Cocteau.

9 DÉCEMBRE : visite de sa famille et d'amis intimes. Son état empire, il délire.

11 DÉCEMBRE : Maurice Radiguet est au chevet de son fils. Visite de l'abbé Mugnier, de Jean Cocteau et de sa mère.

12 DÉCEMBRE : Raymond Radiguet meurt à cinq heures du matin, seul. À l'initiative d'Eugénie Cocteau, il reçoit « l'absolution sous condition ».

14 DÉCEMBRE : messe d'enterrement à l'église Saint-

Honoré-d'Eylau en présence de ses parents, de ses amis – à l'exception de Jean Cocteau, terrassé par le chagrin – et de nombreux admirateurs. Inhumation au cimetière du Père-Lachaise.

Bibliographie originale des œuvres
de Raymond Radiguet

LES JOUES EN FEU, plaquette de vers, quatre images dessinées et gravées au burin par Jean Hugo, Éditions François Bernouard, 1920.

DEVOIRS DE VACANCES, recueil de poèmes, trois dessins d'Irène Lagut, Éditions de La Sirène, 1921.

LES PÉLICAN, pièce en deux actes, sept eaux-fortes d'Henri Laurens, *Entr'acte* de Georges Auric, Éditions de la Galerie Simon, 1921.

LE GENDARME INCOMPRIS, en collaboration avec Jean Cocteau, saynète mêlée de chants pour pensionnats, préface des auteurs, Éditions de la Galerie Simon, 1921.

LE DIABLE AU CORPS, roman, Éditions Bernard Grasset, collection Le Roman, 1923.

LE BAL DU COMTE D'ORGEL, roman, préface de Jean Cocteau, Éditions Bernard Grasset, 1924.

DEUX CARNETS INÉDITS, nouvelle et récit, fac-similés de deux cahiers manuscrits, postface de Jean Cocteau, exemplaires chiffrés et signés par Jean Cocteau, Éditions Édouard Champion, 1925.

LES JOUES EN FEU (deuxième série), *Poèmes anciens ou inédits, 1917-1921*, portrait de l'auteur par Pablo Picasso,
   note de l'éditeur, poème de Max Jacob et avant-propos
   de l'auteur, Éditions Bernard Grasset, 1925.

VERS LIBRES, recueil de poèmes apocryphe, illustrations de
   Feodor Rojankowsky et note de l'éditeur, mention
   d'édition « Champigny. Au Panier Fleuri », 1925.

DENISE, conte, cinq lithographies de Juan Gris, lettre-
   préface de Jean Cocteau, Éditions de la Galerie Simon,
   1926.

JEUX INNOCENTS, recueil de poèmes apocryphe, fac-similés
   de trois poèmes et note de l'éditeur, mention d'édition
   « Robinson, Sous les Tonnelles », 1926.

RÈGLE DU JEU, essai, note de l'éditeur, préface et portrait
   de l'auteur par Jean Cocteau, fac-similés de pages du
   manuscrit, Éditions du Rocher, 1956.

PAUL ET VIRGINIE, en collaboration avec Jean Cocteau,
   livret d'opéra-comique, Éditions Jean-Claude Lattès/
   Édition spéciale, 1973.

ŒUVRES COMPLÈTES, édition établie par Chloé Radiguet et
   Julien Cendres, Éditions Stock, 1993.

Remerciements

Chloé Radiguet et Julien Cendres remercient

Romain Bassoul, Brigitte Benderitter, Jean-Claude Berline,
Christiane Besse, Christian Bourgois, Blandine de Caunes,
François Chapon, Georges-Emmanuel Clancier,
Édouard Dermit, Claude Durand, Jean-Michel Espitallier,
John Foley, Simone Gallimard, Bernard Javault,
Jean-Noël Loriers, Monique Nemer, Sandrine Palussière,
Marcel Radiguet,
Martine Segonds-Bauer, Brigitte Semler et Denis Tillinac.

Table des matières

LA PETITE VERMILLON

CET OUVRAGE A ÉTÉ ACHEVÉ D'IMPRIMER
SUR SYSTÈME VARIQUIK PAR L'IMPRIMERIE
SAGIM À COURTRY EN AOÛT 2001, POUR LE
COMPTE DES ÉDITIONS DE LA TABLE RONDE.

Dépôt légal : août 2001.
N° d'édition : 3411.
N° d'impression : 5285.

Imprimé en France.